Domination érotique et soumission
Vol. 5

Erika Sanders

Série

Collection de domination érotique

Image de couverture : © krivitskiy- Pixabay, 2025

Première édition : 2025

Synopsis

Est une compilation de romans de forte Contenu BDSM érotique appartenant à la collection Domination et soumission érotique, une série de romans à fort contenu BDSM romantique et érotique.

Cette compilation contient les romans:

- La femme photographe BDSM:

- La femme exécutive dominante et très chaude:

- Dominatrix, conseillère conjugale:

(Tous les personnages ont 18 ans ou plus)

Note de l'auteure:

Erika Sanders est une écrivaine de renommée internationale, traduite dans plus de vingt langues, qui signe ses écrits les plus érotiques, loin de sa prose habituelle, de son nom de jeune fille.

Indice:

DOMINATION ÉROTIQUE ET SOUMISSION VOL. 5
ERIKA SANDERS

LA FEMME PHOTOGRAPHE BDSM

PREMIÈRE PARTIE
L'offre d'emploi

CHAPITRE 1

Julia était assise dans la pièce sombre de son petit studio de photographie tout en développant des images photographiques.

La photographie a toujours été sa passion et elle en a fait sa carrière.

La jeune fille de trente ans a regardé attentivement la réalisation des images.

Elle les a suspendus pour les faire sécher et a pris un moment pour admirer son travail pour une famille aimante.

Julia a arrêté son travail lorsqu'elle a entendu la cloche sonner après l'ouverture de la porte d'entrée.

Il est allé à la réception et a vu une femme de direction dans la quarantaine, habillée comme quelqu'un qui travaillait dans un bureau très élégant.

"Bonjour," dit Julia avec un sourire chaleureux. "Bienvenue dans mon studio de photographie. Je m'appelle Julia. Comment puis-je vous aider ?"

La femme professionnelle lui rendit son sourire.

"Bonjour Julia. Je m'appelle Catherine."

Ils se serrèrent la main alors que Julia se tenait derrière le comptoir.

"Ravi de vous rencontrer, Catherine. Est-ce que je peux faire quelque chose pour vous aujourd'hui ? Cherchez-vous quelque chose en particulier ?"

"En fait, je le suis. J'adore votre travail. Je pense que vous êtes excellent pour prendre des portraits et capturer des moments spéciaux."

Julia rougit.

"Merci. Êtes-vous ici sur recommandation ?"

"Recherche, en fait. Je pense que les images que vous avez sur votre site Web sont super. Vous êtes une femme très talentueuse."

"Je fais de mon mieux".

"Alors, comment fonctionne ce processus?" Demanda Catherine. "Est-ce que les gens vous contactent, vous disent ce qu'ils veulent, puis prennent des photos d'eux? Je suis nouveau dans ce domaine, évidemment."

"C'est généralement ainsi que cela fonctionne. Parfois, les gens viennent dans mon studio s'ils veulent faire des portraits, ou parfois ils m'engagent pour rentrer chez moi."

"Quel genre de photos prenez-vous habituellement?"

"Cela dépend," répondit Julia. "Si je dois sortir, c'est généralement pour des mariages, des cérémonies, des diplômes, des choses comme ça. Dans mon atelier, je fais généralement des portraits de famille."

"Ça vous dérange si je vous pose une question personnelle?"

"Avant."

"Gagnez-vous beaucoup d'argent en faisant ça?"

"C'est une vie digne."

«Julia, je ne vais pas vous faire perdre votre temps», dit Catherine d'un ton professionnel. "Je cherche à engager un photographe pour une série de séances photo. Je paierai beaucoup d'argent et exigerai une discrétion totale. Toutes les images seront destinées aux adultes."

"Cela ne devrait pas être un problème," répondit Julia avec confiance. «J'ai déjà fait beaucoup de travail nu. Je suis à l'aise avec ce genre de choses.

"Quel genre d'expériences avez-vous à ce sujet?"

«J'ai eu des cours d'art nu à l'université. Dans ma carrière de photographe, j'ai pris des portraits sensuels de nu pour les femmes. C'est une demande assez courante. Je suppose que vous voulez quelque chose comme ça.

Catherine sourit.

"Pas entièrement. Ce que je fais implique un peu plus d'érotisme."

"Est-ce pornographique?" Demanda prudemment Julia.

"Je ne suis pas une personne qui aime étiqueter les choses. J'explore les limites de la sexualité humaine d'une manière très particulière. J'ai des amis spéciaux et j'aimerais que vous documentiez certaines de nos séances avec vos compétences uniques. En tant que photographe "

Julia était un peu perplexe.

"Je ne peux pas. Je suis désolé. Sans vouloir offenser, mais je ne pourrais probablement pas faire de mon mieux dans cet environnement."

Catherine fouilla dans son sac et posa une carte de visite sur la table.

"Merci pour votre temps," répondit poliment Catherine. "En tant qu'artiste, j'espérais que vous auriez un esprit ouvert à toutes les formes d'art qui impliquent le corps humain. Si vous êtes curieux de savoir ce que je fais, appelez-moi. J'espère toujours que nous pourrons travailler ensemble éventuellement. Passez une bonne journée."

"Vous aussi. Merci d'être venu. Je m'excuse de ne pas pouvoir vous aider."

"Ne vous excusez pas. Ce n'est pas pour tout le monde. Au dos de ma carte, j'ai écrit le montant que je paierais pour vos services. Pensez-y."

Cela dit, Catherine se retourna et quitta le petit bureau.

C'était l'offre la plus inhabituelle que Julia avait reçue depuis le démarrage de sa propre entreprise de photographie.

Elle n'avait jamais été sollicitée pour quelque chose de ouvertement sexuel auparavant.

Il prit la carte et la regarda.

À sa grande surprise, Catherine a occupé un poste de haut niveau dans une grande banque d'investissement de la ville.

Julia retourna la carte et vit le prix que Catherine était prête à payer, et fut surprise.

CHAPITRE 2

Plus tard, il pensait à cette nuit-là.

La curiosité était toujours présente dans l'esprit de Julia avant de se coucher, malgré le fait qu'une partie d'elle-même voulait rester loin de Catherine.

Il est allé à la poubelle où il l'avait jeté et a sorti la carte de visite de Catherine, qui l'avait transformée en boule.

Il le déplia et jeta un autre coup d'œil.

Puis il est allé à son ordinateur pour un examen rapide.

Après une brève recherche, Julia a trouvé la page LinkedIn de Catherine.

Catherine était une femme d'affaires expérimentée occupant un poste élevé dans une grande banque d'investissement.

La quantité d'expérience de Catherine à un niveau élevé a surpris Julia.

Julia a poursuivi sa recherche en ligne et a trouvé la page Facebook de Catherine, qui était ouverte à tous.

Il a regardé à travers les photos personnelles de la femme d'affaires.

Catherine était belle, élégante, sophistiquée, avec une aura dominante.

Julia se demandait pourquoi une telle femme serait intéressée à prendre des photos explicites.

Mais évidemment, tout le monde a ses secrets, pensa Julia.

L'intrigue a suffi à Julia pour changer d'avis.

Après tout, à quel point ces images pourraient-elles être minables?

Ils devaient sûrement être de bon goût.

Il a ouvert son e-mail et a écrit un message à Catherine:

Salut Catherine.

J'espère que vous vous amusez. Je suis Julia du studio de photographie. J'ai beaucoup réfléchi à votre offre et pourrais reconsidérer ma position sur le sujet, si vous êtes toujours intéressé à travailler avec moi. Mais d'abord, j'ai quelques questions. Y a-t-il un moment approprié où nous pouvons parler au téléphone? Ou souhaitez-vous continuer à communiquer par e-mail? Fais-le moi savoir.

Prends soins de-VOUS,

Julia "

Il regarda sa montre, et il était déjà vingt-cinq heures du soir.

Julia éteignit son ordinateur et jeta un autre coup d'œil à la carte de visite.

Il la retourna et regarda la note manuscrite de Catherine: cinq cents dollars de l'heure.

Elle n'était devenue plus curieuse qu'en se couchant.

CHAPITRE 3

Le lendemain matin était une matinée typique pour Julia.

Lorsqu'il n'y avait ni prospects ni clients dans son petit studio, il passait son temps dans la chambre noire à développer plus de photos.

C'était un travail fastidieux, mais elle l'a aimé.

Lorsqu'il eut terminé, il quitta la pièce sombre et regarda son ordinateur portable sur son bureau.

Il y a eu plusieurs nouveaux e-mails.

Les yeux de Julia parcoururent brièvement la liste des messages, principalement liés au travail.

Ce qui a immédiatement attiré son attention, c'est la réponse par e-mail de Catherine.

Elle l'a ouvert:

Julia

Je suis content que vous ayez reconsidéré mon offre. Il est préférable que nous nous rencontrions en personne pour en discuter. Venez à mon bureau vendredi à huit heures du matin. Je vais prendre rendez-vous pour vous et ma secrétaire pour vous laisser entrer.

Catherine »

Le bref e-mail était plus que suffisant pour susciter à nouveau l'intérêt de Julia.

Elle fouilla dans son sac à main pour chercher sur la carte de visite de Catherine l'adresse de son bureau du centre-ville.

Elle a utilisé Internet et a cherché des directions pour s'y rendre depuis son domicile, et s'est assurée de garder son horaire clair pour vendredi matin.

DEUXIÈME PARTIE
La salle de l'esclavage

CHAPITRE 4

Julia se tenait nerveusement dans l'ascenseur alors qu'il montait dans le grand bâtiment.

Elle portait une chemise boutonnée avec une jupe de bureau pour avoir l'air appropriée dans l'environnement de l'entreprise.

Lorsque l'ascenseur atteignit enfin le sol, Julia chercha timidement le bureau de Catherine dans l'étrange quartier pour elle.

Lorsqu'il l'a retrouvée, il s'est approché d'une jeune secrétaire qui lui a permis d'entrer dans le bureau.

Silencieusement, elle déglutit en entrant et se rendit compte qu'elle venait d'interrompre le travail de bureau de Catherine, quoi qu'il en soit à l'époque.

«Veuillez vous asseoir,» dit poliment Catherine de derrière son bureau. "Je suis content que vous ayez changé d'avis sur une relation possible."

Julia s'assit et se détendit.

"Eh bien, j'y ai pensé et j'ai réalisé que c'était probablement quelque chose de bon goût."

"Regardez mon bureau. Bien sûr, tout ce que je fais est de bon goût", a déclaré la femme d'affaires en plaisantant.

"Je peux vraiment voir ça."

«Et je suis sûr que l'argent que j'offre vous a aidé à vous convaincre, est-ce exact?

Julia rougit.

"Cela en fait partie."

"Bien," acquiesça Catherine. "J'apprécie votre honnêteté. Il n'y a pas de honte à vouloir plus d'argent."

"L'argent est toujours bon. Je ne suis pas vraiment riche. Mais par-dessus tout, j'aime l'art de la photographie. J'adore capturer des images de personnes qui dureront toute une vie. Vous semblez être une personne vraiment intéressante et raconter votre histoire avec mes photos était une opportunité que je ne pouvais pas laisser passer. "

«Je savais que je choisissais la bonne femme pour le poste», sourit Catherine.

«Pourriez-vous me donner une idée de ce que vous voulez? Je comprends votre besoin de discrétion compte tenu du sujet. Mais à ce stade, j'aimerais savoir dans quoi je m'engage.

"Connaissez-vous l'esclavage et le style de vie BDSM?"

Julia était surprise.

"Oui je le suis."

"Que pouvez-vous m'en dire?"

Julia réfléchit un instant.

"Pas grand chose. Je connais juste les clichés que je vois à la télé. Tu sais, les fouets, les chaînes, le cuir. Ce genre de choses."

"Ce n'est qu'un petit aspect du fétiche", expliqua Catherine. "Le vrai BDSM est une question de domination et de soumission. Il s'agit de perdre le pouvoir et de se donner complètement à une autre personne. En toute sécurité et par consensus, bien sûr. Les fouets et les chaînes ne sont que des outils pour atteindre un objectif spécifique."

"Est-ce qu'elle est une maîtresse ou quelque chose comme ça?" Demanda Julia d'un ton timide.

"Je n'aime pas les étiquettes. Mais je pense que cela correspondrait à cette description. Est-ce que cela vous dérange?"

"Pas du tout. Euh, je pense que l'autonomisation des femmes est une bonne chose."

"Moi aussi," acquiesça Catherine. "Et vous allez voir une grande émancipation féminine lorsque vous venez dans ma chambre spéciale. La plupart de mes soumis sont de puissants hommes d'affaires dans leur vie quotidienne. Ils prennent la peine de me les mettre à genoux en privé."

"Et toi?"

"Moi quoi ?"

"Soumettez-vous aussi ?" Demanda Julia.

Catherine sourit.

"Bien sûr que oui. Je ne ferais pas ça si je n'aimais pas chaque seconde."

"Comment ça marche ? Je veux dire, viennent-ils vous rendre visite ? Et alors ? Vous les avez frappés ou quelque chose comme ça ?"

«J'ai une salle spéciale d'esclavage dans mon grenier», répondit Catherine. "Je rencontre différents soumis du monde de l'entreprise. C'est quelque chose d'exclusif. Habituellement le week-end. Seulement pendant une heure."

«Pourquoi une heure ? Demanda Julia.

"C'est la durée parfaite, à mon avis. Si cela durait trop longtemps, les choses commenceraient à faire mal, dans le mauvais sens. Si c'était trop court, il n'y aurait pas assez de préliminaires pour construire des choses. Une heure est le temps idéal pour construire. un point culminant incroyable. "

"Cela semble provocateur."

«Attendez de le voir», dit Catherine. "Je porte un masque en or. C'est comme un alter ego que j'ai. Une fois le masque en place, je deviens une personne différente. Si les gens pensent que je suis une salope au bureau, attendez d'être dans ma salle de bondage avec moi avec le masque et un fouet à la main. Je deviens quelque chose de complètement différent. "

Julia était attirée par Catherine.

C'était un nouveau monde de liberté sexuelle sans les restrictions des inhibitions personnelles.

Il l'a rejeté d'une manière ou d'une autre, mais en même temps, c'était complètement fascinant.

J'avais hâte de le voir et de le capturer devant la caméra.

"Tu veux que je photographie toute l'expérience, non?" Julia a demandé, pour que ce soit clair.

«Je veux que vous photographiiez tout sauf les visages. La discrétion est de la plus haute importance, car mes soumis sont pour la plupart des individus riches. Vous ne serez pas autorisé à savoir qui ils sont. Ils seront masqués tout le temps.

Les doigts de Julia bougèrent nerveusement.

"Je vais être honnête. Tout cela me semble étrange. On ne m'a jamais demandé de faire partie de quelque chose comme ça auparavant. Je n'ai même pas vu ces choses en vidéo, ce qui ne veut pas dire que je n'ai pas vu de pornographie. Tout est très nouveau pour moi."

"Alors je t'envie", répondit Catherine.

"Vraiment pourquoi?"

"Parce que vous explorerez cela pour la première fois, avec des yeux vierges."

"Ce sera certainement le cas," répondit Julia.

"Dites-moi, êtes-vous satisfait de votre vie sexuelle?"

"Que veux-tu dire?"

«Êtes-vous sexuellement satisfait? Demanda franchement Catherine. "Jouis-tu comme tu veux? Aimeriez-vous avoir de meilleurs orgasmes? Aimeriez-vous que quelqu'un vous baise corps et âme?"

Julia a été surprise par les questions de la respectable femme d'affaires.

«Ma vie sexuelle pourrait être meilleure», admit-il. "Je suis célibataire. Je ne suis pas sorti depuis longtemps. C'est le prix personnel que je paie pour gérer ma propre entreprise."

"Donc vous vous masturbez probablement beaucoup."

"Plus ou moins."

Catherine a pris un stylo et un bloc-notes et a commencé à écrire.

Une fois qu'il eut terminé, il tendit le mot à Julia.

«C'est l'adresse de mon appartement», dit Catherine. "La prochaine session aura lieu samedi à dix heures du soir. Ne soyez pas en retard. Vous serez payé cinq cents dollars pour toute l'heure. Prenez des photos de ce que vous voulez, sauf les visages ou tout ce qui peut être utilisé pour identifier quelqu'un. Les images m'appartiendront exclusivement. Alors ne les publiez nulle part. Ma secrétaire aura un contrat et des formulaires de confidentialité à votre disposition lorsque vous quitterez mon bureau. Ce sera tout pour le moment. "

Julia se leva.

"Merci. J'attends avec impatience notre réunion de samedi."

Catherine s'est également levée et les deux femmes se sont serrées la main pour conclure l'affaire de manière informelle.

"Encore une chose, porte une jolie robe quand tu viens. Je veux que tu aies l'air bien."

Le regard sur le visage de Julia a changé.

À ce moment précis, il venait de réaliser dans quoi il s'embarquait.

CHAPITRE 5

Après avoir rencontré la secrétaire pour signer les formulaires et les accords, Julia a rapidement quitté le bâtiment de l'entreprise pour respirer l'air frais.

Son esprit était un mélange d'émotions.

J'étais curieux, mais nerveux.

J'étais intrigué, mais réticent.

Il a réalisé que tout était en tête, mais il était trop tard pour reculer.

Elle avait déjà donné sa parole, signé les contrats et il n'y avait pas de retour en arrière.

La rue du centre-ville était pleine et elle regardait les employés de l'entreprise marcher vers leur destination, alors qu'elle restait complètement nerveuse.

Julia a vu une petite cafétéria en plein air et s'est approchée pour faire la queue.

J'avais désespérément besoin de quelque chose de fort à boire.

Au moment où Julia fit la queue, elle entendit une voix l'appeler par derrière.

Elle se retourna et vit la secrétaire personnelle de Catherine s'approcher d'elle avec un sourire.

La secrétaire était étonnamment jeune, dans la vingtaine, et elle était très belle.

« Ai-je oublié de signer quelque chose ? Demanda Julia, alors que la secrétaire s'approchait.

"Non. Tout cela est déjà fait. Je suis à l'heure de ma pause et je voulais te parler."

"Oh pourquoi ?"

«Je sais pourquoi vous avez été embauché», dit-il. "Lorsque vous avez signé les documents, vous aviez l'air terrifié, comme si vous signiez un contrat pour votre vie."

"Pouvez-vous me blâmer de me sentir comme ça?"

La secrétaire sourit.

"C'est un sentiment normal. Je sais exactement ce que tu traverses."

"Tu le sais?" Demanda Julia.

"Oui. Disons que j'ai traversé un long processus d'entrevue pour obtenir mon poste de secrétaire de Catherine."

Il n'a pas fallu longtemps à Julia pour établir la connexion.

Il s'est immédiatement rendu compte que la belle jeune secrétaire était sexuellement soumise à Catherine.

Julia fit de son mieux pour éviter d'avoir l'air surprise.

«Alors toi et Catherine? Demanda Julia de manière suggestive et curieuse.

Le secrétaire hocha fièrement la tête.

"J'ai postulé pour le poste en sachant que je n'étais pas qualifiée pour travailler pour une femme d'entreprise de premier plan. Mais je pensais que je n'avais rien à perdre. Elle m'a interviewé personnellement. J'ai réalisé qu'elle aimait mon apparence. Et avant de le savoir, j'ai signé de nombreuses des mêmes documents que vous. Ensuite, elle m'a laissé entrer dans son monde privé d'aventure. "

"Pourquoi me dis-tu ça? Je ne veux pas paraître impoli, mais ce n'est pas exactement l'information qui devrait être partagée."

«On dirait que vous pourriez avoir besoin d'un ami. Je ne veux pas que vous soyez nerveux.

"Merci," répondit Julia. "Cependant, je suis déjà nerveux. Je ne peux pas m'empêcher de penser que j'ai fait une grosse erreur. Je ne suis pas sûr de pouvoir gérer un tel fétiche."

"J'ai pensé la même chose quand j'ai commencé à m'impliquer avec elle. J'étais terrifiée quand j'ai vu sa salle de bondage pour la première fois. Mes mains tremblaient quand nous avons commencé le processus. Mais maintenant, je ne peux plus m'en passer."

"Qu'est-ce qui vous a fait changer d'avis?" Demanda Julia.

"Le plaisir."

CHAPITRE 6

Samedi soir.

Julia est allée à l'appartement avec son appareil photo dans son étui, et portait une robe jaune qu'elle avait achetée spécialement pour l'occasion.

Il était neuf heures du soir.

Il est arrivé une heure avant le rendez-vous lorsqu'il est monté dans l'ascenseur.

Être ponctuel faisait partie du travail.

Quand elle est arrivée à l'étage, Julia s'est dirigée vers l'appartement de Catherine et a appelé.

Il n'attendit pas longtemps que Catherine ouvre la porte pieds nus dans une robe de soie.

Les cheveux de Catherine étaient bien coiffés, tout comme son maquillage parfait.

"Vous êtes en avance," sourit Catherine.

"J'aime toujours être en avance. Est-ce un problème? Je peux toujours revenir un peu plus tard ..."

"Non, non, ça va. Entrez. Je suis content que vous soyez arrivé tôt. Cela nous donne une chance de parler un peu plus."

Julia est entrée dans l'appartement et s'est émerveillée de tout.

«Bel endroit», dit Julia avec admiration. "C'est merveilleux. Je n'ai jamais rien vu de tel en ville."

"Il y aura beaucoup de choses ce soir que vous n'avez jamais vues auparavant."

«Je suis sûr que vous avez raison. Puis-je voir votre salle de bondage? J'adorerais en prendre quelques photos maintenant.

«Pas encore,» répondit Catherine. "Je veux que vous preniez des photos quand tout commence, pas avant."

"Bon."

«Quelque chose de terrible?

Julia réfléchit un instant.

"Un peu. Mais ça ira. Cependant, je suis vraiment curieux. Je n'ai jamais fait partie de quelque chose comme ça."

"Tu es le genre de femme qui va apprécier ça. Je peux le sentir."

"Qu'est-ce qui te fait dire ça?"

"Je fais ça depuis longtemps", répondit Catherine. «Je peux en savoir beaucoup sur les habitudes sexuelles des gens rien qu'en les regardant. Après ce soir, je suis sûr que vous aurez hâte de revenir. Vous deviendrez accro. Faites-moi confiance.

Julia était soudainement mal à l'aise avec l'hypothèse de Catherine.

Elle a essayé de rester professionnelle et sérieuse.

«Alors, que pouvez-vous me dire sur l'invité de ce soir? Demanda Julia, changeant de sujet.

"Il est riche. C'est un de mes amis de longue date. Je reçois généralement des conseils commerciaux de sa part, mais sexuellement, il prend ses ordres de moi. Vous ne verrez pas son visage et vous ne saurez pas son identité."

"A quelle heure arrivera-t-il?"

"C'est ici," sourit Catherine.

"Il est ...?"

Catherine fit un geste en regardant dans le couloir.

"C'est dans ma pièce principale. Tu veux qu'on y jette un œil?"

Les deux femmes ont marché dans le couloir de l'appartement luxueux.

La fréquence cardiaque de Julia est montée en flèche comme si elle faisait de l'exercice cardiovasculaire.

Son cœur battait fort lorsque Catherine ouvrit la porte de la chambre principale.

«Le voilà», dit Catherine.

Julia a été presque surprise quand elle a vu un homme d'âge moyen assis sur le lit, vêtu uniquement de ses sous-vêtements.

Son visage et sa tête étaient recouverts d'un masque de cuir noir.

Il y avait des trous pour qu'il puisse voir et parler.

Il regarda directement Julia.

Son corps reflétait son âge et sa silhouette était lisse et potelée.

Leurs mains étaient liées par une corde.

"Que penses-tu?" Catherine a demandé avec un sourire diabolique limite.

"Je ne sais pas quoi penser".

«Eh bien, avez-vous peur de ce que je vais lui faire? Est-ce que cela vous excite d'une manière ou d'une autre? Vous devez avoir des idées à ce sujet.

"C'est certainement une image très provocante."

Catherine sourit.

"Si vous pensez que c'est provocateur, attendez que le spectacle commence. Cependant, ce n'est pas encore le moment."

Il ferma la porte de la chambre et ils restèrent dans le couloir.

«Pendant ce temps,» dit Catherine en regardant le corps du photographe. "Je pensais que je t'avais dit de porter une jolie robe pour ce soir."

Julia regarda brièvement sa robe jaune bon marché.

"Désolé. C'était le meilleur que j'ai pu trouver."

"Ce n'est pas assez bon. Suivez-moi."

Les deux femmes se dirigèrent vers une autre pièce au bout du couloir.

C'était une chambre d'amis, aussi impressionnante que la pièce principale.

La chambre était propre et le lit avait l'air frais.

Catherine ouvrit le placard et fouilla brièvement dans la grande variété de vêtements coûteux.

Quand il a trouvé ce qu'il cherchait, il l'a jeté sur le lit.

C'était une robe noire mince et élégante.

"Mettez-le," dit Catherine. "Je ne veux pas que vous portiez autre chose que ça, même pas vos chaussures."

"Et mon soutien-gorge et ma culotte?"

"Ni l'un ni l'autre. Est-ce un problème?"

Julia secoua la tête.

"Ne pas."

"Très bien. Habillez-vous dans cette pièce. Je reviendrai bientôt une fois que j'aurai enfilé mes bottes et débarrassé de cette robe."

"Bon."

"Es-tu prêt pour ça?" Demanda Catherine.

"Je le suis."

"Tu as l'air maladroit. C'est normal d'être nerveux. Mais si tu ne veux pas continuer, ça va aussi. Je peux toujours trouver quelqu'un d'autre et je te paierai même pour ce soir."

Julia respira brièvement.

"Non. Je veux faire ça. Je mettrai la robe et serai prêt quand tu l'auras."

"Excellent," sourit Catherine, avant de se tourner pour s'éloigner.

Julia a été laissée seule dans la luxueuse chambre d'amis.

Elle regarda la robe noire posée sur le lit et se demanda combien cela vaudrait.

Cela me paraissait cher.

Elle abaissa la caméra, puis ôta sa robe jaune et la jeta sur le lit.

Il a enlevé ses chaussures.

Finalement, comme Catherine l'a demandé, elle a enlevé son soutien-gorge et sa culotte, et a été laissée nue dans la pièce.

Elle regarda son apparence nue dans le miroir, remarquant à quel point elle avait l'air normale.

Elle prit la robe noire et la mit, puis se regarda à nouveau dans le miroir.

Cette fois, elle avait l'air très différente.

Elle ressemblait à une femme de classe et d'élégance.

"Magnifique," dit la voix de Catherine depuis le couloir.

Julia était surprise qu'ils l'aient regardée, mais elle ne savait pas combien de temps.

Ses yeux s'écarquillèrent d'étonnement lorsqu'elle vit Catherine dans un corset noir et de longues bottes noires.

L'apparence de Catherine contrastait fortement avec sa tenue professionnelle habituelle.

"Oh merci," répondit calmement Julia. "Tu es magnifique aussi."

"Il est maintenant temps. J'ai supprimé l'assurance de ma chambre spéciale. Elle est au bout du couloir. Attendez-moi là-bas avec votre appareil photo prêt, et je prendrai notre invité spécial. Vous êtes libre de prendre les photos comme vous le souhaitez. Je ne vous donnerai pas des instructions sur la façon de faire votre travail. Cela dépend de vous.

"Je vous remercie."

Catherine s'écarta, indiquant à Julia qu'il était temps d'aller seule dans la salle de bondage.

Julia respira doucement, et avec son gros appareil photo à la main, elle passa devant Catherine et se dirigea vers la pièce ouverte dans le couloir.

CHAPITRE 7

La salle de bondage était grande et les murs étaient recouverts d'un rembourrage noir.

C'était une pièce très bien éclairée.

Les yeux de Julia ont scanné les différents objets et gadgets sexuels exposés.

Il y avait une grande variété de godes, jouets sexuels, chaînes et pinces.

Il y avait une chaise et une table dans la chambre, qui étaient les seuls meubles disponibles.

Il y avait une grande horloge sur le mur pour s'assurer que chaque session durait exactement une heure.

Ce n'est que lorsqu'elle entendit le bruit des talons de Catherine claquant sur le sol que Julia se rappela qu'elle avait un travail spécifique à faire.

Ils arrivaient et Julia a préparé son appareil photo pour prendre des photos.

La première chose que Julia vit entrer dans la pièce fut l'homme d'âge moyen, les mains toujours liées et le visage toujours couvert pour protéger son identité.

Julia a pris une photo de lui.

Puis Catherine entra dans la pièce.

Elle portait un masque doré brillant qui couvrait son visage, mais permettait à ses cheveux de tomber librement.

Le masque semblait avoir été créé au 15ème siècle environ pour une famille royale, pensa Julia.

Julia a pris des photos de Catherine guidant l'homme vers la pièce puis fermant la porte.

Julia regarda curieusement l'homme attaché se mettre à genoux.

Catherine lui ordonna de se mettre à genoux et de se taire.

Julia a pris plus de photos.

Catherine est allée à sa collection de jouets sexuels et a cherché ce qu'elle voulait.

Finalement, elle s'installa sur un long gode couleur chair.

Mais elle n'avait pas encore fini.

Elle a attaché le gode à une ceinture puis l'a glissé sur son corset en cuir.

Julia a pris plus de photos.

«Es-tu prêt ce soir? Catherine a demandé à son homme soumis.

"Mmm ... Hmmm ..." murmura-t-il en réponse.

"Bon garçon," dit Catherine d'un ton condescendant. "Maintenant, je veux que ton petit cul penché sur la table."

L'homme se leva et se tint sur la table, le ventre dessus et les jambes écartées.

L'homme a démontré qu'il avait fait cela plusieurs fois auparavant et qu'il appréciait chaque instant, peu importe à quel point l'expérience semblait orageuse ou dégradante pour une personne normale.

Catherine a pris une petite pelle en bois et a commencé à tapoter doucement les fesses de l'homme.

Au début, c'était doux, comme si elle se souciait de son bien-être.

Avec la pelle, elle a commencé à le frapper plus fort, puis plus fort encore.

L'homme a commencé à murmurer avec sa bouche alors que les coups devenaient plus intenses.

Julia se sentait presque mal pour lui, mais elle a fait son travail et a pris des photos à la place.

«Tu aimes ça, petit cochon?» Lui demanda Catherine en continuant avec la pelle.

"Mmm ... Hmm ..."

"J'ai autre chose pour toi."

Catherine posa la pelle et attacha les mains et les chevilles de l'homme aux différents coins de la table.

Il s'est fait prendre.

Toute sa confiance était entièrement placée en Catherine.

C'était à sa volonté et à sa merci.

Il attrapa une bouteille de lubrifiant et en couvrit une grande quantité sur le bout de son doigt.

Julia a pris des photos en gros plan du doigt lubrifié de Catherine.

Julia a ensuite pris des photos en gros plan du doigt pénétrant dans l'anus de l'homme.

Il gémit alors qu'il se faisait pénétrer par le doigt de Catherine.

Puis il inséra deux doigts.

Puis trois.

Julia se demanda si l'homme appréciait ça.

Mais ce n'était pas sa préoccupation.

Le travail de Julia était de prendre une photo de la pénétration, et elle l'a fait, avec la caméra capturant tout.

L'estomac de Julia se serra presque quand elle vit Catherine se positionner derrière l'homme, le gros pénis attaché à sa taille pointant directement vers les fesses allongées de l'homme.

Julia était prête à crier et à plaider au nom de l'homme sans défense sur la table.

Elle voulait arrêter cette folie en son nom.

Mais elle ne l'a pas fait.

Ce n'était pas son rôle.

Sa bouche était ouverte d'incrédulité, et il abaissa brièvement la caméra pour pouvoir voir la pénétration anale de ses propres yeux.

C'était un spectacle choquant.

Il a soulevé son appareil photo, l'a pointé directement sur la pénétration anale et a pris plus de photos.

CHAPITRE 8

Lundi.

Il était tôt le matin et Julia se tenait dans sa chambre sombre révélant toutes les photos qu'elle avait prises pour Catherine.

Il y avait plus de deux cents images au total.

Les premiers lots étaient prêts.

La qualité d'image était bonne et elle admirait son propre travail.

Il savait que Catherine serait heureuse de la façon dont il capturait la salle de bondage.

Il savait que Catherine aimerait aussi comment l'homme soumis a été capturé.

Il y avait des images capturant Catherine dans sa tenue, et il y avait des gros plans du masque d'or.

Julia regarda brièvement le reste des bandes de film qu'elle avait prises.

Il regarda les images de l'homme suçant l'objet sexuel, fouetté, puis sodomisé pendant une longue période par la grosse ceinture.

Son cœur battit.

Puis il regarda les images de l'homme secoué par Catherine.

Il avait tiré une énorme charge de sperme sur le sol, qu'il avait ensuite ordonné de nettoyer avec sa langue.

Julia ressentit une sensation de brûlure entre ses jambes.

Elle était excitée dans sa chambre sombre, tout comme elle l'avait été dans la salle de bondage de Catherine.

Elle déboutonna son pantalon et glissa sa main droite le long de la culotte.

Il a regardé le film qui était révélé, l'homme suçant le gode alors qu'il était à genoux, et il se touchait sexuellement.

Il se souvenait de tout ce qu'il ressentait quand il avait tout vu la première fois.

Elle l'imaginait en train de se faire sodomiser et Catherine le masturbant.

Elle se toucha en pensant à l'homme qui suçait les seins de Catherine.

Il pensa à tous les commentaires verbalement dégradants qu'il lui avait faits et à la situation difficile dans laquelle elle était placée.

Puis, Julia s'est imaginée dans la position de l'homme.

Elle se demandait si elle pouvait aimer se faire sucer un gode et se faire sodomiser dans une position aussi dégradante.

Quand elle a eu un orgasme dans la chambre noire, elle a réalisé que la réponse était oui.

TROISIÈME PARTIE
Masque doré et robe noire

CHAPITRE 9

Deux mois plus tard, Julia portait une nouvelle robe lorsqu'elle se rendit au bureau de Catherine.

Elle avait été invitée à une réunion privée.

Une fois arrivé au sol sans hésitation, il eut une brève discussion avec le secrétaire et fut autorisé à entrer dans le bureau de Catherine.

Les deux femmes se saluèrent avec une accolade et elles s'assirent toutes les deux dans leurs sièges respectifs, avec Catherine derrière son grand bureau et Julia assise en face d'elle.

«Je peux honnêtement dire que vous êtes le meilleur employé que j'aie jamais eu», a déclaré Catherine. "Cela signifie quelque chose, étant donné le nombre de personnes qualifiées qui ont travaillé pour moi au fil des ans."

Un sentiment de fierté envahit Julia.

"Merci. Je fais de mon mieux."

«Tu aimes m'avoir comme employeur? J'ai la réputation d'être une vraie salope, ce qui est bien mérité.

"Je ne pense pas que tu sois une salope du tout," répondit Julia avec espièglerie. "Je pense que vous êtes une femme forte. Et vous êtes de loin l'employeur le plus intrigant que j'aie jamais eu. Chaque semaine est époustouflante. J'adore. J'ai toujours hâte de voir nos réunions."

"Eh bien, malheureusement, vos services ne seront plus nécessaires", a déclaré Catherine sur un ton commercial direct. "Vous avez terminé votre tâche en photographiant tous mes soumis. Je pense que vous avez fait un travail merveilleux. Votre travail a largement dépassé mes attentes."

Julia était surprise.

Il avait adoré profiter, regarder et prendre des photos de la vie sexuelle secrète de Catherine.

Aller à son appartement le samedi soir était son émotion de la semaine.

Et il se masturbait en privé à chaque fois qu'il rentrait à la maison.

Il s'était également attaché chaque semaine à la compagnie de Catherine.

"Eh bien, je suis contente que tu aies aimé mon travail," répondit Julia, essayant de ne pas paraître dévastée.

"Je ne suis pas le seul à aimer ça. Tous mes hommes soumis conviennent que vous avez fait un travail exceptionnel avec votre photo. Vous recevrez un bonus considérable pour cela. Lorsque vous quitterez mon bureau, ma secrétaire vous remettra une enveloppe Avec l'argent ".

"C'est très gentil de votre part."

Catherine sourit.

"Ce n'est pas un problème."

"Y a-t-il un moyen pour ... pouvoir ... continuer ça?" Julia a demandé avec toute la confiance qu'elle pouvait rassembler. "En tant que photographe, je pense qu'il y a beaucoup plus de choses que nous pourrions explorer, et que nous n'avons pas encore faites."

Catherine haussa un sourcil.

"Vraiment? Alors le petit photographe timide veut continuer à travailler pour moi. C'est intéressant."

"Eh bien, je suis intéressée par ton passe-temps," admit Julia malgré elle. "C'est une chose fascinante, et je pense que nous avons fait un excellent travail ensemble en termes de création artistique."

Catherine y réfléchit un instant.

«J'ai peut-être autre chose pour vous. Aucune garantie. Mais cela pourrait être hors de votre portée.

L'attention de Julia s'est soudainement réveillée.

"Qu'est que c'est?"

"Le fétiche de l'esclavage est plus courant dans le monde des affaires que vous ne le pensez. Il est très populaire auprès des hommes puissants, car ils aiment le changement de rôle. Ils aiment abandonner les femmes séduisantes après avoir été le patron de tout. la journée. Êtes-vous intéressé jusqu'à présent? "

"Assurance."

"Super. Je contacterai les organisateurs de l'événement pour voir si vous pouvez vous joindre."

"Un événement?" Demanda Julia.

"Oui, c'est un petit événement qui arrive de temps en temps. C'est une fête de bondage, en gros, où les riches et les puissants s'amusent vraiment, en tant qu'adultes."

"Cela ressemble à quelque chose que j'aimerais voir."

Catherine sourit.

"Tu n'en as aucune idée. C'est tellement sale et vulgaire que tout le monde est masqué. Tout est complètement discret. Aussi, c'est une tradition."

"Qu'est-ce que je ferais là-bas?"

"Prenez des photos. Qu'est-ce que ce serait d'autre? Peut-être que les organisateurs de l'événement veulent de belles photos pour des souvenirs ou quelque chose comme ça."

"Je peux certainement faire ça," répondit Julia. "Pour être honnête, depuis que j'ai commencé à prendre des photos de vos séances de bondage, tout ce que je fais au travail me semble très ennuyeux en comparaison."

Catherine sourit.

«Je savais que tu aimerais ça. Tu es ce genre de fille. Maintenant, si tu veux bien m'excuser, j'ai un rendez-vous dans quelques minutes.

"Oh bien sûr. Merci pour votre temps."

Julia se leva et lui tendit la main pour une poignée de main avant de partir.

«Encore une chose», ajouta Catherine. "Mes autres amis ne jouent pas toujours légalement. Donc si vous voulez continuer à travailler pour moi, alors vous devez être en sécurité."

"Je suis sûr."

Catherine hocha la tête.

"Je le pensais. Nous resterons en contact. Et nous vous recontacterons bientôt.".

CHAPITRE 10

Une semaine après.

C'était tôt mardi matin.

Julia a été réveillée par une série de coups à la porte.

Il sortit du lit, regarda brièvement dans le miroir, puis ouvrit la porte.

À sa grande surprise, c'était la secrétaire de Catherine qui tenait un petit paquet.

"Bonjour," dit la secrétaire avec un sourire radieux.

"Bonjour, entre."

La secrétaire entra dans le petit appartement avec le colis et Julia ferma la porte.

"Je suis désolé de vous déranger si tôt", a déclaré le secrétaire. "Je suis occupé le reste de la journée, donc c'était la seule fois que j'avais."

«Ne t'inquiète pas. Tu veux un café ou un verre? Demanda Julia.

"Je vais bien merci beaucoup."

«Alors qu'est-ce qui t'amène ici ce matin?

"Catherine a contacté les organisateurs de l'événement", a répondu le secrétaire. "Tout le monde aime votre travail et pense que vos photos seraient les bienvenues."

"C'est une excellente nouvelle. J'adorerais y assister."

"Cependant, il y a une condition."

"Qu'est que c'est?" Demanda Julia.

"L'événement de l'esclavage est exclusif, et ils ne laissent entrer aucun étranger. Par conséquent, vous devez avoir une initiation avant de pouvoir y prendre des photos."

La nouvelle a réveillé Julia plus fort que n'importe quelle tasse de café.

"Que veux-tu dire?"

"Il y a un processus d'initiation pour les nouveaux membres. On m'a dit qu'il n'y avait pas moyen de contourner cela. Vous devez, si vous voulez continuer à travailler pour Catherine."

"Eh bien, qu'est-ce que cette initiation nécessite? Quelque chose d'extrême?"

"Cela change à chaque fois", a répondu le secrétaire. "J'ai commencé il y a quelques années, et c'était assez calme. Mais pour les autres, wow. Je ne souhaite pas que ce soit eux."

Julia sentit soudain son esprit tourner.

Il voulait le travail plus que tout, et il ne voulait pas décevoir Catherine en refusant.

«Dites à Catherine que je le ferai,» dit Julia.

La secrétaire sourit et déposa le paquet sur une table voisine.

"Elle savait que tu serais intéressé. C'est pour toi."

"Qu'est que c'est?"

"Ouvrez-le et vous le verrez."

Julia souleva le couvercle du paquet et vit un masque doré sur un fin tissu noir.

Le masque était élégant et similaire à celui porté par Catherine lors de chaque séance d'esclavage.

"C'est pour quoi?" Demanda Julia en prenant le masque pour l'examiner.

"Vous devrez l'utiliser pour l'événement. Elle est du même type que Catherine, ce qui fera savoir aux gens que vous êtes son invitée et sa soumise."

Julia a continué à le regarder.

"C'est un beau masque."

"C'est certainement le cas. Il y a aussi une tenue dans le paquet. Vous devrez la porter. Rien d'autre que les talons."

Julia souleva le fin tissu noir du paquet.

C'était complètement transparent.

"Ne suis-je pas autorisé à porter autre chose en dessous?" Demanda Julia.

"Non, rien. L'événement commence à sept heures de l'après-midi samedi. Un chauffeur viendra vous chercher à six heures, alors soyez prêt. Vous êtes autorisé à porter un manteau pour couvrir votre corps lorsque vous marchez vers la voiture, mais enlevez-le une fois vous arrivez à l'événement. N'oubliez pas d'apporter le masque et votre appareil photo. "

"Puis-je vous poser une question personnelle?"

«Bien sûr», répondit le secrétaire.

"Pensez-vous que je peux continuer avec ça? Je veux dire, à votre avis, pensez-vous que je peux gérer ce qui va se passer lors de l'événement?"

La secrétaire sourit.

Il n'y a qu'une seule façon de le savoir. "

CHAPITRE 11

Samedi soir.

La porte de l'ascenseur s'ouvrit et Julia marcha rapidement dans le couloir de son immeuble.

Elle portait des talons hauts et un grand manteau.

En dessous, elle portait la robe noire transparente et rien d'autre.

Il tenait le paquet avec le masque d'or à l'intérieur et une autre boîte contenant son appareil photo.

Elle marchait aussi vite qu'elle le pouvait pour que personne ne la voie.

Une voiture noire l'attendait, le chauffeur tenant la portière ouverte.

Lorsqu'il est monté dans la voiture, il a vu Catherine assise sur la banquette arrière.

Une fois Julia assise, le chauffeur ferma la porte et se dirigea vers leur destination.

"Tu es mignon dans cette tenue", dit Catherine. "C'est agréable de vous voir dans quelque chose d'un peu plus sexy que ce que vous portez normalement."

"Merci. Tu es superbe aussi."

Les yeux de Julia passèrent sur le corps de Catherine, qui était beaucoup plus nu.

Catherine n'avait pas honte de s'asseoir dans la voiture vêtue seulement d'une mince robe noire.

Chaque courbe de son corps était entièrement visible, et ses gros tétons bruns pouvaient être vus à travers le tissu mince.

«Vous semblez un peu nerveux,» dit Catherine.

"Plus ou moins. Tout ce processus est assez intimidant pour moi. J'ai entendu dire qu'il y a une initiation que je dois traverser."

Catherine sourit.

"Vous avez entendu la bonne chose."

«Peux-tu au moins me donner une idée de ce qui va se passer? Julia a demandé timidement.

«J'ai bien peur que non, chérie. Mais ne t'inquiète pas. Tu es entre de bonnes mains.

"J'espère bien. Dieu, c'est un peu effrayant."

"Alors pourquoi êtes vous ici?" Demanda franchement Catherine. "Quelle est la vraie raison? Cela doit être plus qu'une simple curiosité professionnelle. Admettez-le, vous êtes une pute secrète."

"Je ne suis pas une pute."

«Alors peut-être devriez-vous demander au chauffeur de faire demi-tour cette voiture et de vous ramener à votre appartement.

"Attends," répondit rapidement Julia. "Je suis ici parce que j'aime ce que tu fais. Je pense que c'est excitant. Je veux continuer à te regarder."

«Avez-vous des fantasmes à propos de rejoindre? Avez-vous déjà pensé à être fessée, forcée de porter une ceinture avec vous dans l'un de vos trous serrés?

"Oui je l'ai fait."

Un sourire malicieux apparut sur le visage de Catherine.

"Bien sûr. Je savais que tu avais un potentiel de soumission depuis le jour où je suis entré dans ton studio. Habituellement, ce sont les filles tranquilles qui deviennent les plus grosses salopes"

"Je ne suis pas une pute."

"L'initiation devrait s'occuper de cela. Souvenez-vous que personne ne vous oblige à être ici. Vous pouvez y aller quand vous voulez."

Un frisson de peur et d'excitation a été envoyé le long de la colonne vertébrale de Julia.

Il se demanda à quoi Catherine faisait référence, mais Catherine tourna simplement la tête avec un léger sourire et regarda par la fenêtre de la voiture.

QUATRIÈME PARTIE
Douleur et plaisir

CHAPITRE 12

Des barrières de sécurité ont été ouvertes et la voiture a été autorisée à entrer dans la grande propriété.

La voiture s'est arrêtée devant un manoir et les deux femmes en sont sorties.

«C'est là que nous mettons nos masques», a déclaré Catherine. «Et enlève ton manteau. Il est temps de montrer ce joli corps que tu as.

Julia a enlevé son manteau et l'a jeté dans la voiture.

Une légère brise de vent lui rappela à quel point il était vulnérable.

Elle sentit l'espace entre ses jambes frémir avec l'air froid.

Ses mamelons roses se raidirent à cause d'un deuxième tour de brise.

Julia a fermé ses jambes fermement dans une faible tentative de couvrir sa féminité.

Les deux femmes mettent leurs masques dorés.

Julia a atteint la voiture et a saisi son appareil photo.

Ils ont fermé les portes et la voiture est partie.

L'entrée du manoir était gardée par deux hommes robustes.

Ils portaient également des masques et se taisaient lorsque les deux femmes les approchaient.

«Mot de passe s'il vous plaît», a demandé l'un des gardes de sécurité masqués.

«Serviette», répondit Catherine.

"Les dames peuvent continuer."

Le garde ouvrit la porte et ils entrèrent dans le manoir.

Julia s'est émerveillée de la bizarrerie du bâtiment.

On aurait dit qu'il avait été construit pour une famille royale.

Des peintures, des décorations et des objets de collection étaient exposés sur les murs.

L'entrée par laquelle ils entraient était couverte d'un grand tapis rouge.

Ils ont traversé une grande salle.

«Il faut attendre un peu dans la chambre d'amis», dit Catherine. "Quelqu'un va vous chercher sous peu."

Julia prit une profonde inspiration.

"Bon."

"Tout ira bien. Calme-toi."

«Pouvez-vous me dire ce qui va se passer? Demanda Julia. "Je serais moins nerveux si je savais ça."

"Non. Attendez dans la pièce jusqu'à ce que quelqu'un vienne vous chercher. Gardez le masque et laissez votre appareil photo là-bas. Il y aura beaucoup de temps pour prendre des photos plus tard."

Catherine ouvrit la porte et fit signe à Julia d'entrer dans la pièce.

La chambre était simple, avec des meubles en bois.

Julia prit une profonde inspiration et entra.

CHAPITRE 13

Il a perdu la trace du temps qu'il a attendu.

Elle n'a jamais enlevé le masque.

Après s'être ennuyée en s'asseyant et en attendant, Julia se tenait devant un miroir et se regarda.

Le masque était charmant.

Et elle ne pouvait pas arrêter de penser à la façon dont ses mamelons roses et son vagin étaient visibles à travers le tissu fin de la robe.

Elle s'est interrogée et s'est interrogée sur ses raisons d'être là.

Avant que je puisse réfléchir davantage, on a frappé à la porte.

Une femme est entrée, complètement nue, vêtue uniquement d'un masque d'or.

« Suivez-moi », dit la femme nue d'une voix douce.

Julia la suivit hors de la pièce et ils descendirent le couloir.

Il était devenu plus sombre.

De nombreuses lumières avaient été éteintes et un grand nombre de bougies allumées dans toutes les directions.

Il y avait un groupe de personnes masquées debout dans le couloir.

Certains étaient nus, certains portaient des costumes.

Ils portaient tous des masques.

Ils se tenaient en cercle, avec Catherine debout au centre.

Catherine était complètement nue à l'exception du masque.

C'était la première fois que Julia voyait le corps complètement nu de Catherine.

Julia admirait sa silhouette tonique et ses courbes voluptueuses aux gros tétons bruns.

Julia a été conduite au centre du cercle, debout directement devant Catherine.

Les autres invités masqués dans la salle sont restés silencieux.

«Bienvenue Julia», dit Catherine. "Le comité a décidé de l'admettre dans notre club privé. Ce n'était pas une décision facile, mais c'est la qualité de son travail et sa discrétion qui lui ont permis d'entrer. Cependant, il y a des conditions pour cette acceptation, voulez-vous savoir ce qu'elles sont ?"

"Oui," Julia acquiesça nerveusement.

«Premièrement, vous devez faire l'expérience de la soumission sexuelle pour que le groupe puisse voir. Deuxièmement, je dois porter quinze pinces à vêtements sur votre corps pendant le processus. Enfin, vous devez avoir des orgasmes au moins deux fois dans l'heure qui suit. Toutes les conditions sont obligatoire. Vous pouvez accepter ou quitter. "

Julia prit une profonde inspiration.

"Je suis d'accord."

«Dites-nous pourquoi vous acceptez. Pourquoi voulez-vous que des actes aussi douloureux et dégradants vous soient faits? Vous êtes une fille très douce.

Julia réfléchit un instant.

"Regarder ses sessions au cours des deux derniers mois m'a ouvert les yeux sur quelque chose de nouveau. Je veux continuer à en faire partie."

«Même si cela signifie devoir passer par cette initiation? Catherine a demandé.

"Oui."

"Et qu'est-ce que ça fait de toi ?"

"Dans une pute".

Catherine hocha la tête.

"Enlève ta tenue. Montre-nous ton beau corps."

Il y eut un frisson dans la colonne vertébrale de Julia.

Malgré les masques, Julia pouvait sentir tous les yeux dans la pièce attendre par anticipation.

Elle a glissé la tenue transparente jusqu'à ses pieds et était complètement nue.

Elle a résisté à l'envie de croiser les jambes et a laissé son entrejambe rasée de près rester découverte.

Elle a également résisté à l'envie de couvrir ses petits seins et a permis à ses mamelons roses de sortir.

Catherine s'avança et n'était qu'à quelques centimètres de Julia.

Il tendit la main et toucha le petit torse de Julia, le caressant doucement avec sa main.

Il encercla le mamelon rose avec son doigt, puis le pinça fort.

«Ohh...» haleta Julia.

«Est-ce que je te fais mal?

"Un peu."

«On va s'arrêter alors?

Julia savait qu'elle recevait un ultimatum subtil.

"Non, ne t'arrête pas."

Catherine pinça le mamelon encore plus fort, faisant de nouveau haleter Julia.

"Vous n'aimerez peut-être pas ça au début. Mais vous ..."

Une femme nue masquée s'est approchée d'eux en tenant un oreiller avec un petit tas de pinces à linge.

Catherine a pris l'un des clips, l'a ouvert et l'a placé sur le mamelon de Julia.

Lentement, il a permis au clip de presser le mamelon, petit à petit.

Catherine a relâché la pince qui a serré son mamelon fort, la faisant gonfler.

"Ça fait très mal," dit Julia avec un désespoir calme.

"Voulez-vous arrêter? Les conditions ne sont pas négociables."

"Combien de temps le clip restera-t-il là?"

"Jusqu'à ce que tu atteignes l'orgasme deux fois ce soir. Je peux accélérer les choses si tu veux. Ce serait plus facile pour un débutant comme toi."

"S'il vous plait..."

Catherine attrapa une autre pince à linge et l'utilisa impitoyablement sur l'autre téton de Julia.

"Ahhh ..." hurla Julia.

"C'est deux clips pour l'instant. Treize à gauche."

"Où allez-vous les mettre?" Demanda Julia, presque effrayée.

Catherine se pencha en avant et chuchota à l'oreille de Julia.

"Et vos lèvres vaginales? C'est l'endroit traditionnel pour une femme. Voulez-vous arrêter de souffrir ou rejoindre notre club?"

C'était le point de non-retour.

Julia se décida en un instant, même quand ses tétons lui faisaient très mal.

Ses mamelons au lieu de rose prenaient une teinte rouge foncé.

"Je refuse d'arrêter."

"Alors allonge-toi sur le dos. Et écarte les jambes."

Julia était allongée sur le dos sur la moquette, les jambes largement écartées.

Sa féminité était pleinement exposée, attendant la douleur des pinces à vêtements.

Catherine s'agenouilla et prit son temps pour examiner la chatte devant elle.

Elle l'a étudié et l'a admiré.

Catherine prit un clip de vêtements, l'ouvrit et souleva le côté gauche des lèvres de Julia.

"Cela peut faire un peu mal", a déclaré Catherine. "Vous êtes une femme adulte. Alors agissez comme telle."

Avec ces mots d'avertissement, Catherine a cruellement libéré le clip, faisant soudainement resserrer ses lèvres, faisant hurler Julia.

Catherine sourit et attrapa un autre clip, cette fois, le relâchant doucement sur ses lèvres.

La pression du deuxième clip a fait changer de forme les lèvres.

Catherine a continué le processus jusqu'à ce que le côté gauche des lèvres de Julia soit recouvert de pinces à linge.

"Comment te sens ta chatte?" Demanda Catherine.

Julia posa sa tête sur le tapis et lutta contre la douleur de ses mamelons et de ses lèvres pincées par les clips de ses vêtements.

"Cela me fait très mal".

"Cela montre que vous êtes humain. Je suis fier de vous pour avoir duré si longtemps. Votre initiation est plus difficile que la plupart parce que votre expérience financière n'est pas la même que la nôtre et vous n'avez aucune histoire d'esclavage."

"J'ai compris."

"Bonne salope. Le plus dur est presque terminé."

Catherine attrapa un autre clip de vêtement, cette fois en le plaçant doucement sur les lèvres droites de Julia.

Julia ne recula pas et gémit.

Elle s'était déjà habituée à la douleur dans ses zones sexuelles sensibles.

Le motif a continué jusqu'à ce que tous les clips soient utilisés sur la chatte de Julia.

Le vagin, autrefois mignon et attirant, s'était soudainement déformé.

Les lèvres vaginales s'étiraient dans différentes directions comme de l'argile.

Catherine a regardé dans la chatte rose de Julia et a vu qu'elle était humide.

"Vous êtes prêt pour votre premier orgasme", a déclaré Catherine. "Ce n'est pas comme ça?"

"Je le suis."

Catherine a fouetté le centre de la chatte de Julia sans avertissement.

Le choc fit hurler Julia dans une rare combinaison de douleur et de plaisir.

La fessée dans la chatte de Julia a continué jusqu'à ce que le bout des doigts de Catherine soit recouvert de fluides vaginaux.

«Vous êtes trempé, mon cher,» dit Catherine. "Je pense que tu es prêt."

Avec cela, Catherine a inséré deux doigts dans sa chatte et a utilisé les doigts de son autre main pour jouer avec le clitoris de Julia.

C'était une combinaison puissante.

Ses doigts étaient habiles à plaire sexuellement aux autres femmes.

Avec les doigts, il était travaillé d'une manière particulière et habile.

Julia gémit de plaisir.

Elle ne se souciait plus du groupe de personnes masquées qui la regardaient.

À ce moment-là, tout ce à quoi elle pouvait penser était la sensation de brûlure dans sa chatte et ses mamelons.

Les doigts ont continué le travail frénétique.

Catherine allait de plus en plus vite avec plus d'intensité.

Le corps de Julia trembla.

Elle gémit.

Catherine sentit que Julia était au bord de son premier orgasme, alors elle travailla encore plus fort, touchant sa chatte chaude.

Julia se tordit, gémit et son dos se cambra.

Julia poussa un grand cri et ses doigts se courbèrent, puis son corps se détendit.

"C'est le premier orgasme jusqu'à présent," sourit Catherine en regardant ses doigts recouverts de jus de chatte. "C'est maintenant le moment de l'orgasme numéro deux. Mais ça va être un peu plus difficile. Tu peux le laisser tomber quand tu veux. Prêt?"

"Oui."

Catherine fit claquer ses doigts, et deux femmes nues masquées sont venues et ont enroulé des lanières de cuir autour des mains et des chevilles de Julia.

Ils ont guidé Julia, de sorte qu'elle soit à genoux.

Ils ont tendu les mains et les chevilles de Julia et les ont accrochées au sol sur des crochets.

Julia était face contre terre, complètement ligotée et impuissante.

"Votre test final est de dix-huit centimètres sur vos fesses. Ne vous inquiétez pas minou, je vais utiliser beaucoup de lubrifiant pour vous."

Les yeux de Julia s'écarquillèrent.

Les sangles de bondage à ses poignets et chevilles étaient serrées et il n'avait nulle part où aller, à moins qu'il ne décide de démissionner, ce qui mettrait définitivement fin à sa relation avec Catherine.

Il refusa d'abandonner, même lorsqu'il sentit les doigts de Catherine pousser dans son derrière.

Les doigts étaient recouverts d'une lubrification épaisse.

Les doigts sondèrent son petit anus aussi loin que possible.

Catherine n'était pas très gentille.

Pour elle, tout était affaire.

Alors Julia a simplement posé son visage masqué par terre et a accepté la pénétration du doigt dans son cul.

«Je vais porter la sangle avec le pénis que tu m'as vu porter tant de fois sur mes soumis», dit Catherine en se penchant sur le corps de Julia. "Je serai lent au début, mais j'espère que vous suivrez mon rythme plus tard."

À ce moment-là, Julia avait des souvenirs de tous les hommes masqués qui s'étaient fait sodomiser par la variété de ceintures différentes de Catherine.

Julia avait imaginé être dans le rôle de soumise tant de fois auparavant.

Mais elle n'avait jamais imaginé ce qui lui arriverait vraiment.

La pointe du harnais appuya fortement contre l'anus de Julia.

Catherine a utilisé ses mains pour écarter les fesses de Julia, permettant à l'objet sexuel de pénétrer dans le petit trou.

Julia gémit bruyamment alors que l'objet pénétrait dans son corps.

Lentement, il pénétra dans son rectum.

Elle ferma les mains et serra les dents.

Lorsque l'objet a continué le lent voyage dans son cul, elle a ouvert la bouche et poussé un gémissement.

Il a continué jusqu'à ce que l'entrejambe de Catherine soit pressée contre ses fesses.

"Brave fille," dit Catherine à l'oreille de Julia. "La plupart des gens auraient déjà arrêté. Pas vous. Vous avez presque fini. Cela vous fera du bien dans un instant."

Catherine se retira lentement du rectum de Julia, puis donna une légère poussée, le poussant à nouveau profondément à l'intérieur.

Il a utilisé le rythme lentement en fonction de la tension de Julia.

Chaque poussée faisait gémir Julia.

Julia regarda autour de la pièce pendant qu'elle se faisait sodomiser.

Les invités masqués étaient silencieux et regardaient le spectacle.

Il se demanda ce qu'ils penseraient d'elle.

Il se demanda s'ils étaient excités.

Il se demanda s'ils voulaient aussi entrer dans son cul.

La poussée dans le cul de Julia a continué.

La douleur fut bientôt rejointe par le plaisir.

Ses mamelons et sa chatte lui font toujours mal à cause des clips sur ses vêtements.

La douleur continuait à grandir, mais le plaisir y croyait aussi avec une intensité égale ou supérieure.

Son anus lui faisait toujours mal à cause du jouet sexuel de 15 cm et il n'y était pas complètement habitué.

Mais il y avait un plaisir étrange grandissant en elle.

Se faire enculer pour que tout le monde voie était excitant.

C'était sensationnel.

Les poussées sont devenues plus rapides et plus profondes.

Catherine a montré moins de pitié et moins de tendresse, et a vraiment commencé à être rude avec Julia.

Julia était traitée comme l'un des soumis de Catherine, ce qui était un compliment à Julia.

Cela signifiait que Catherine savait que Julia était suffisamment forte et digne pour recevoir une punition anale.

«Je peux sentir votre orgasme se rapprocher,» dit Catherine en poussant. "Viens pour moi, chérie. Fais-le et rejoins notre club."

"J'essaye," haleta Julia.

"Peut-être que ça va aider, minou."

Catherine a atteint en dessous et a commencé à jouer avec le clitoris de Julia, tout en la sodomisant.

La sexualité de Julia était agressée de tous côtés.

Ses mamelons lui faisaient mal.

Ses lèvres lui faisaient mal.

Son anus et son rectum étaient impitoyablement battus.

Maintenant, son clitoris sensible était massé.

"Oh mon Dieu!!!" Julia gémit.

Le dos de la jeune femme s'arqua violemment, et ses mains et ses pieds se crispèrent de toutes ses forces.

Des liquides coulaient de sa chatte et recouvraient le sol.

Pour la deuxième fois, il a couru devant tout le monde une fois de plus.

"Félicitations," dit Catherine en frottant les cheveux de Julia. "Vous êtes maintenant membre de notre club."

Catherine tira lentement le jouet sexuel des fesses de Julia et se leva.

Elle regarda Julia par terre.

Julia était sexuellement épuisée en ce moment et revint lentement à elle-même.

Les autres femmes masquées sont venues délier Julia, enlevant les pinces de ses tétons et de sa chatte.

Julia s'est levée et les autres invités masqués dans la salle ont applaudi leur nouveau membre.

ÉPILOGUE

Six mois plus tard.

Julia portait une belle robe en attendant dans l'ascenseur.

Elle tenait une grande enveloppe jaune.

Une fois arrivé à son appartement, il accueillit la secrétaire avec un sourire familier.

Puis il entra dans le bureau de Catherine.

Des blagues ont été échangées et Catherine a ouvert l'enveloppe pour regarder les images nouvellement révélées alors qu'ils s'asseyaient tous les deux.

«Vous vous êtes surpassé», dit Catherine en regardant les photos. "Un travail exquis. Les angles de caméra, l'éclairage, la météo. Ils sont parfaits. Nos amis du club les adoreront."

"Merci. J'espère que vous les apprécierez."

"C'est dommage que ces images doivent rester privées. Votre talent de photographe devrait être reconnu par beaucoup plus de gens."

"Votre reconnaissance suffit", a déclaré Julia courageusement.

Catherine sourit.

"Quelle fille douce."

"J'ai vu mon chèque placé sur le bureau de la secrétaire. Je suis sûr que c'est un autre paiement généreux, pour lequel je suis très reconnaissant. Mais aujourd'hui, je m'attendais à quelque chose d'un peu plus ... en plus ..."

Catherine se pencha dans son bureau pour retirer sa culotte de sous sa jupe.

"Très bien. Vous avez trente minutes avant ma prochaine réunion."

"Je vous remercie."

Julia s'approcha du bureau de manière informelle.

Elle essaya de cacher son impatience, mais ils savaient tous les deux ce que ressentait vraiment Julia.

Catherine écarta les jambes et vit Julia tomber à genoux.

La limite était de trente minutes, alors Julia n'a pas perdu de temps et a commencé à manger la chatte de sa maîtresse dominante jusqu'à ce qu'elle atteigne le point de l'orgasme.

.

FIN

LA FEMME EXÉCUTIVE DOMINANTE ET TRÈS CHAUDE

CHAPITRE 1

Il y a des moments dans votre vie où vous êtes à la limite.

Votre estomac a l'impression d'être écrasé par un troupeau d'éléphants, et vous ne savez pas si vous réveiller le matin est la meilleure chose pour vous.

Je suis actuellement dans cette circonstance.

C'est comme si j'étais au bord d'une falaise.

Je regarde avec peur les rochers déchiquetés ci-dessous et je prie pour une bouée de sauvetage.

Cela me fait encore plus de peine de savoir que cela mènera probablement beaucoup de bonnes personnes devant moi.

Des gens qui n'ont aucune idée qu'ils se balancent au bord du même précipice.

J'ai souri et ai fait un signe de tête à Janeth, notre secrétaire, alors qu'elle passait devant son bureau.

J'ai passé des semaines à la convaincre de quitter son poste sûr et bien financé dans un cabinet d'avocats et de venir avec nous.

Les promesses de stock-options et de richesse au-delà de ses rêves l'ont finalement convaincue de prendre le risque.

Elle était merveilleusement organisée, quelqu'un dont nous avions profondément besoin.

Si vous vérifiez votre bureau, vous pouvez être sûr que tout serait propre et sans fissures.

Mon cœur s'est arrêté un instant lorsque j'ai vu les photos de ses trois enfants dans le coin de son bureau.

Une mère célibataire avec tous les tests qui l'accompagnent.

Et je l'emmène avec ses enfants sur la falaise.

Je me sentais de nouveau malade.

Je suis entré dans mon bureau, enfin, plus comme un cube au centre du plan de bureau ouvert.

Je pourrais passer en revue toute l'entreprise d'ici.

Je me suis juste assis et j'ai fait un examen à trois cent soixante degrés pour voir tout le monde travailler dur.

Je me suis assis et je me suis caché.

Tout va s'effondrer lundi.

Je n'étais pas sûr de pouvoir payer la paie.

Le stress me frappe dans une vague.

Je me suis rapidement arrêté pour regarder ma poubelle et j'ai jeté mon petit-déjeuner.

Janeth a couru pendant qu'il était occupé à fermer la doublure en plastique.

«Êtes-vous d'accord, M. Carrington? demanda-t-elle avec une inquiétude maternelle.

«Non, je vais sauter d'une falaise après les avoir tous frappés», me suis-je dit.

"Il y avait juste quelque chose qui n'allait pas avec mon petit-déjeuner," mentis-je.

"Il y a une sorte de grippe là-bas", a ajouté Janeth, "peut-être que vous devriez prendre un jour de congé et vous rétablir."

L'idée de se cacher à la maison était très séduisante, mais il ne pouvait rien faire de chez lui.

J'avais besoin de plus de capital d'investissement pour hier.

Tous mes canaux normaux s'étaient taris.

"Non, je vais bien," dis-je, "je vais laver un peu ça et je reviens tout de suite."

Elle essaya de ne pas respirer en passant la poubelle dans mes mains.

Le regard inquiet de Janeth était difficile à ignorer.

Elle, de toutes les personnes, avait l'image la plus proche de l'état de l'entreprise, mais ne savait pas qu'un prêt d'un demi-million de dollars serait dû lundi.

Elle savait cependant que la banque et moi avions eu des appels passionnés.

«Il n'y a pas d'extension» était le dernier mot.

Il n'a pas fallu un lecteur mental pour réaliser que quelque chose n'allait pas.

Il a eu une rencontre assez délicate avec un capital-risqueur dans une heure.

C'était un tir aléatoire, mais il avait besoin de tirer quelque part.

À ce stade, il était prêt à échanger n'importe quoi avec quiconque était prêt à consolider ses finances.

J'avais juste besoin de temps.

Il ne reste que six mois pour une bonne trésorerie.

Je suis passé devant Ralph Seams et ses nombreux écrans de code source.

L'homme vivait dans un monde binaire.

Le porter avec nous a été l'une de mes meilleures victoires.

Il n'avait aucune idée de comment il pouvait gérer quatre écrans plats charabia, mais sa magie semblait toujours fonctionner.

À peine arrivé aux toilettes, je me suis souvenu de sa nouvelle voiture, de sa nouvelle maison et de sa nouvelle femme.

Cela a révolutionné ma bile de la manière la plus douloureuse.

J'ai mérité la douleur.

Cela aurait dû faire plus mal.

Le navire coulait et j'avais oublié d'acheter des canots de sauvetage.

Il m'a fallu quelques minutes pour retrouver mon calme.

Je me suis lavé le visage et j'ai été choqué par mes yeux rouges sans sommeil.

Il était à un pas d'être un extra d'un chapitre de «The Walking Dead».

Pas étonnant que Janeth ait pensé qu'elle avait la grippe.

Je me suis rincé la bouche plusieurs dizaines de fois et j'ai redressé mes cheveux.

L'homme dans le miroir avait dix ans de plus qu'il y a un mois.

J'ai pris quelques respirations profondes et j'ai réduit ma fréquence cardiaque à un niveau gérable.

J'étais le capitaine de ce navire qui coulait.

J'avais besoin de garder ça ensemble.

C'était ma confiance que tout le monde avait besoin de voir.

C'était ce à quoi il devait réfléchir lorsqu'il tentait d'impressionner lors de la prochaine réunion.

Il voulait que je redevienne le même.

La force motrice qui avait mis cela ensemble n'avait pas peur.

Je mets l'inévitable au fond de mon esprit.

Ce n'était que mercredi et il y avait amplement de temps pour réparer une catastrophe d'un demi-million de dollars.

Après avoir secoué une matinée de dégoût de soi, je quittai courageusement la salle de bain.

Il avait des sourires pour tout le monde.

CHAPITRE 2

Lorsque Virginia Buttingson entra dans les bureaux, le bruit normal de l'endroit passa au silence.

Elle était une femme imposante et contrôlait un grand nombre de dollars de capital-risque.

Elle était habillée pour conquérir dans une jupe bleu marine skinny et un élégant chemisier blanc avec un foulard évasé rouge.

Il portait une ceinture en cuir avec des anneaux entrelacés et nouait la tenue dans une courte veste de costume bleu marine inclinée.

Ses cheveux bruns méticuleux étaient au milieu d'une boucle, séparés de son visage et maintenus derrière ses épaules par un petit nœud bleu marine.

Le rouge à lèvres rouge fort et le mascara foncé lui donnent un look difficile.

Il semblait avoir la quarantaine.

Ses yeux perçants semblaient critiquer chaque recoin du bureau.

Derrière Mme Buttingson se trouvaient trois personnes à l'apparence typique des avocats: tous des hommes et tous en costume noir.

Ils bloquaient presque le couloir, ils furent donc conduits à la salle de conférence.

J'ai pris une profonde inspiration et j'ai ramené mon moi de combattant d'affaires à la surface.

J'avais vraiment l'impression d'avoir deux gars en costume derrière moi qui marchaient, donc je ne me sentais pas aussi en infériorité numérique.

Les présentations se sont bien déroulées et j'ai participé à une exposition de chats et de chiens.

J'ai exposé pendant trente minutes pour promouvoir la faisabilité de notre solution logicielle basée sur le cloud.

Il avait tous les chiffres et graphiques à l'esprit, ainsi qu'une mine de données marketing, des structures de coûts merveilleusement développées et une liste de partenaires de catégorie A.

J'étais sur le point d'entrer dans une démo du logiciel réel lorsque j'ai été soudainement arrêté.

"Vous ne me dites rien que vous ne savez pas," dit brutalement Buttingson.

J'attendais qu'elle continue, me disant peut-être ce que je voulais savoir.

Au lieu de cela, j'ai reçu un silence mortel, et ses yeux forts ont rempli de trous ma confiance précédente.

«Quelles informations supplémentaires recherchez-vous, Miss Buttingson? Je lui ai demandé de la meilleure façon possible.

J'ai gardé mon visage ferme, voulant qu'elle voie que rien de ce qu'elle pourrait dire ou faire ne me dérangerait.

"Son niveau de désespoir," répondit-elle rapidement.

Ses yeux ne quittaient jamais les miens et il n'y avait pas d'humour sur ses lèvres.

Elle m'avait trempé.

"Je ne suis pas sûr de savoir ce que tu veux dire," répondis-je, essayant de tenir bon.

Les visions de mon petit déjeuner à la poubelle peuvent me frapper à nouveau.

"Pouvons-nous avoir un moment en privé?" C'était une commande pour ses trois nuances de costume noir.

Ils se sont levés ensemble et ont quitté la pièce.

Quand la porte se referma derrière eux, leur attention me revint.

«D'ici lundi, vous aurez terminé. Vous viendrez ici et direz à tous ces gens qui vous font confiance que vous les foutez. Mes comptables me disent que vous ne pourrez même pas faire la paie finale.

Mon estomac a envoyé un peu de bile.

Je l'ai noyée à nouveau.

«Je ne sais pas d'où elle tire ses informations, mais...» J'ai commencé à défendre l'entreprise, mais elle m'a arrêté d'une main levée.

"Ne me donne pas une putain d'excuse." Il semblait connaître mes problèmes en détail. «Mais je peux tout faire disparaître. Vous dormirez bien la nuit et ces gens ne vous considéreront pas comme une écume de la semelle de leurs chaussures. Nous devons juste arriver à un accord.

Merde, je n'étais pas prêt pour ça.

Elle savait qu'elle m'avait piégée et qu'elle était sur le point d'être foutue.

Je ne me suis jamais senti aussi minuscule de ma vie.

Je me redressai et me mis en garde.

"À quoi tu penses?"

Il n'allait plus perdre de temps à essayer de se maquiller davantage.

Elle savait déjà qu'elle nageait dans le noir.

«J'ai deux options pour vous, que vous n'aimerez ni l'une ni l'autre», déclara-t-il avec détermination. "Dans la première option, j'attends jusqu'à lundi, lorsque la banque demande votre prêt et je récupère les morceaux de ce qui reste de l'entreprise. Je pense que vous avez un bon produit ici et que vous devriez être en mesure de le conduire à la rentabilité d'ici six à douze. Des mois. Je peux réduire les salaires des employés qui me sont utiles et renvoyer ceux qui me sont en surplus. Ce ne serait pas gagnant-gagnant puisque tout le monde vous blâmera pour le désastre. "

Je m'attendais à un sourire diabolique, mais je n'ai vu que le même visage professionnel.

Il la détestait d'avoir l'argent pour être si cruel.

"Ce serait très désagréable," dis-je fermement.

Maintenant, j'ai reçu un sourire.

Elle n'était pas méchante, elle était une gagnante.

Je pense qu'elle appréciait mon désespoir, mais elle voulait me donner une issue.

Je n'ai pas eu à attendre longtemps pour la deuxième option.

"Dans la deuxième option, je signe et prolonge son prêt et lui donne cinq cent mille dollars supplémentaires en fonds de roulement."

Son sourire s'agrandit.

Jusqu'à présent, j'étais avec elle dans cette option.

J'attendais la partie "chantage".

"En échange, j'ai quarante-neuf pour cent d'actions et ..." Il s'arrêta et baissa la voix, "quelques considérations supplémentaires."

Vous pourriez vivre avec la perte de stocks.

Elle n'avait vraiment pas le choix et était surprise de ne pas vouloir contrôler les intérêts de l'entreprise.

Le capital restant, cinquante et un pour cent, était une agréable surprise, mais les "considérations supplémentaires" semblaient presque illégales.

J'ai esquivé les lois, mais je n'étais pas en faveur de les enfreindre.

«Définissez des« considérations supplémentaires »», ai-je demandé sur un ton moins autoritaire.

Elle s'est levée et s'est dirigée vers moi d'une manière non professionnelle.

Son sourire passa de gagnant à cruel et rejoignit ses yeux.

"Des hommes comme vous m'intriguent." Elle rapprocha inconfortablement son visage du mien. "Vous êtes intelligent, motivé et vous aimez être responsable. C'est ce qui mènera finalement au succès de votre entreprise. J'aime traiter avec des hommes comme vous. Pas en affaires, mais en privé."

Il a fait une pause et j'ai avalé dur.

Ses talons mettaient ses yeux au même niveau que les miens, ce qui rendait difficile d'essayer de se sentir supérieur.

"Je te donne ce que tu veux et je prends ce que je veux."

Il se retourna brusquement, retourna à son siège et s'assit.

J'ai remarqué qu'il laissait dans son sillage une légère odeur musquée.

"En privé?"

Je voulais que ce soit clair.

Il n'était pas sûr de ce à quoi il s'attendait, mais ça devait être mieux que de dire à Janeth qu'elle était au chômage.

"Très privé."

Son sourire et ses yeux s'adoucirent.

Ils étaient presque invitants.

«Je ne peux pas te promettre que ça plaira, mais je le ferai.

Je ne pouvais pas croire que j'envisageais cela.

Elle n'était plus dure pour les yeux et elle n'était pas si vieille.

Elle ne pouvait pas m'emmener plus de dix ans avec moi.

"Qu'attendrait-on de moi?" Je demande pour.

J'étais encore en train de déglutir.

Il n'était pas habitué à être si incontrôlable.

Peut-être que la faillite serait mieux que cela.

Son sourire est devenu lubrique.

«Tu seras ma chienne obéissante», dit-il en haussant les épaules. "Quelques fois par an, jusqu'à ce que je m'ennuie avec toi. Les autres accords commerciaux resteront intacts quand j'en aurai fini avec toi."

Le mot «salope» a résonné dans mon esprit.

"Vous m'obéirez pleinement pendant vingt-quatre heures; aucun dommage physique permanent ne se produira, mais seul mon plaisir comptera."

CHAPITRE 3

"Je ne suis pas sûr de pouvoir faire ça."

J'ai eu l'idée d'essayer un peu de négociation, peut-être essayer de fixer des limites.

«C'est tout ou rien, M. Carrington. Échangez un peu de fierté personnelle avec moi et votre fierté publique restera intacte.

Elle ne laissait rien ouvert à la négociation.

J'étais foutu de toute façon.

"J'ai besoin d'une décision. Je ne suis pas intéressé si vous n'êtes pas pleinement engagé."

Il n'avait pas trop d'options et il n'avait pas le temps non plus.

Je m'imaginais face à la honte de la faillite et à la faillite de mes employés.

Le temps et le fonds de roulement offerts permettraient à l'entreprise de briller comme jamais auparavant.

Je pourrais être une pute pendant vingt-quatre heures.

Je suis accro au succès.

«Accord fait», fut tout ce que je dis.

"D'accord," dit-il, et il regarda dans sa mallette, "Voici une clé avec mon adresse en pièce jointe. Elle sera là ce samedi à 9 heures. Personne d'autre ne devrait connaître cette partie de notre accord." Elle m'a redonné ce sourire chaleureux et invitant. "Appelons les garçons pour revoir la paperasse."

J'ai pris la clé et l'ai mise dans ma poche.

J'ai été choqué de découvrir que Mme Buttingson avait tout précisé dans les documents.

Elle pourrait exercer le droit de tout quitter, sans donner de raison, lundi prochain.

Soudain, j'ai eu l'impression qu'ils me tenaient la main.

Et avec les autres dans la salle, notre conversation a été moins franche.

"Je dois juste avoir le week-end pour examiner les options", a-t-il déclaré. "Je dois m'assurer que nous pouvons tous les deux respecter nos engagements."

"Comment cela protège-t-il mes intérêts?" J'ai répondu: "J'ai l'intention de mettre pleinement en œuvre toutes les conditions du contrat, verbales et écrites. Je n'ai aucune garantie qu'il en fera de même."

Je ne savais pas comment créer la confiance nécessaire pour nous rendre heureux tous les deux.

Après ce week-end, nous pourrions avoir la confiance nécessaire, mais aujourd'hui, il y en avait peu.

«Je vais faire prolonger votre prêt d'un mois de bonne foi, sans engagement», a-t-elle répondu.

"Accepté." J'ai souris.

Son week-end ne valait peut-être pas la peine de supporter un mois de plus, mais au moins, cela m'a laissé le temps de trouver une autre solution si tout cela s'effondrait.

J'ai été étonné de la rapidité avec laquelle elle a pu prolonger le prêt d'un simple coup de téléphone.

J'essayais depuis quatre mois, en suppliant avec des oreilles sourdes.

Un appel d'elle et j'ai eu encore trente jours.

Vous devez respecter, ou détester, ce genre de pouvoir.

Et j'ai rejoint la prostitution quelques minutes plus tard.

Ce n'était pas écrit dans les accords, mais c'était sur moi comme une enclume.

J'étais à elle ou j'aurais la possibilité d'être battue à mort par les gens qui m'ont entraîné à la ruine.

J'ai pris un poids, mais un autre a pris sa place.

Nous disons au revoir avec toute la cordialité d'être de nouveaux partenaires commerciaux.

Mon entreprise survivrait aussi longtemps que je pourrais accepter ses conditions.

CHAPITRE 4

Samedi est venu beaucoup plus vite que je ne l'aurais souhaité.

Comment se prépare-t-on à être une «chienne obéissante»?

Je n'avais aucune idée que j'avais cherché ce genre de société une fois auparavant.

Ce genre de société était frustré par ma tendresse et mes préliminaires.

Je pense toujours que les femmes sont plus fragiles qu'elles ne le sont en réalité.

Je veux dire, j'aime les ramener à la maison autant que n'importe quel gars.

J'ai juste besoin de votre permission d'abord.

Je me suis douché, rasé et coupé quelques poils en excès.

J'ai utilisé une quantité considérable de déodorant et je me suis éclaboussé un peu après le rasage.

Au moins ça ne sentirait pas mauvais.

Je ne savais pas quoi porter.

J'ai opté pour des vêtements de travail décontractés.

C'était bon pour la plupart des occasions et occupait quatre-vingts pour cent de ma garde-robe.

Les vingt pour cent restants se composaient de jeans et de t-shirts.

***

Je me suis arrêté chez lui en espérant trouver un grand manoir et j'ai découvert quelque chose de beaucoup moins ostentatoire.

C'était une simple maison en brique de style colonial de deux étages.

Il avait quatre colonnes de deux étages qui soutenaient le toit au-dessus du porche.

Une pelouse bien entretenue et des pots de ciment remplis de fleurs lui donnaient un aspect soigné.

Les arbres étaient tous vieux et offraient une vue agréable sur la maison.

Je me suis garé dans l'allée et j'ai sonné la cloche.

Mme Buttingson m'a ouvert la porte avec un sourire agréable.

"D'accord, vous êtes un peu en avance. Veuillez entrer," dit-il en ouvrant la porte.

Le hall d'entrée était composé de deux étages avec un lustre géant suspendu au plafond.

Il contenait des centaines de cristaux aux multiples facettes qui reflétaient la lumière du matin.

Le sol semblait constitué d'une seule feuille de marbre, tout blanc avec des veines noires qui ne se cassaient pas d'un mur à l'autre.

Tout avait l'air fastueux d'une manière riche.

Même les cadres qui soutenaient le travail manifestement coûteux étaient parfaitement mélangés à l'ambiance de la pièce.

Un bel escalier en bois mène au deuxième étage.

La seule chose qui semblait hors de propos était un grand panier en osier vide à côté de la porte d'entrée.

"Nerveux?" elle a demandé.

"Inquiet," répondis-je.

Ses lèvres étaient aussi rouges qu'elles l'étaient lors de notre première rencontre.

La couleur de son rouge à lèvres heurta sa peau pâle.

Elle avait rassemblé ses cheveux en une seule tresse qui courait au milieu de son dos.

«Puissant attirant» m'est venu à l'esprit.

"Ne le sois pas. Je te dirai ce que je veux. Ne pense pas, fais-le." Elle me redonnait ce sourire amical. "C'est une chose de contrôle, j'aime contrôler les contrôleurs."

Maintenant, il était nerveux.

"Avons-nous des mots sûrs, ou quelque chose?"

Il avait fait quelques recherches sur la domination.

J'avais pensé que c'était là où elle allait, et je venais de le confirmer.

"Chaque fois que vous avez l'impression que c'est trop, vous pouvez partir sans problème", a-t-il dit sans sourire, "mais bien sûr cela annulerait nos accords."

J'ai souri à la situation.

Parfois, vous devez simplement entrer dans les trous que vous creusez.

Il suffit de le faire en toute confiance.

"Je suppose que je suis tout à toi," dis-je avec un haussement d'épaules.

«J'adorerais effacer ce sourire de ton visage», a-t-elle révélé.

Son sourire était maintenant plus grand que le mien et n'était plus amical.

J'ai forcé le mien à l'augmenter.

Nous verrons combien de moi peut changer.

Elle a ri de mon combat de sourire.

"Je savais que ça allait être amusant."

La grande horloge en haut de l'escalier commença à sonner l'heure.

"Je veux toutes tes affaires dans ce panier. C'est là qu'elles devraient être jusqu'à ce que tu ailles," dit-il en désignant le panier en osier.

C'était en sa possession maintenant et c'était un ordre.

Une question facile, ai-je pensé.

J'ai laissé mes clés, mon téléphone, ma montre et mon portefeuille dans le panier et me suis retourné pour la regarder.

"J'ai dit toutes tes choses, salope!" Elle a commandé.

Son ton m'a pris par surprise.

Pour une raison quelconque, je pensais que cela allait être un peu plus cordial.

J'ai serré les dents quand j'ai réalisé qu'il faisait référence à mes vêtements.

Je savais que nous y arriverions à temps, mais je pensais à la chambre ou à quelque chose comme ça.

J'ai mis le polo sur ma tête et l'ai jeté dans le panier.

J'étais mal à l'aise qu'il ait bougé si vite pour faire sa demande.

J'ai ralenti à un rythme plus lent: mon rythme.

Je me suis agenouillé et ai détaché ma chaussure avec désinvolture.

J'ai entendu le bourdonnement avant de sentir la piqûre aiguë sur mon dos nu.

"Merde!" J'ai crié, plus de surprise que de douleur.

"Plus vite, tu es en mon pouvoir, salope!" elle corrigea.

J'ai regardé le visage d'un démon.

Les mêmes lèvres rouges, simplement plissées en une expression de mal.

Dans sa main, un cheval équestre noir d'environ deux pieds de long.

À la fin, un morceau de cuir était bouclé.

C'est à ce moment-là que j'ai vraiment commencé à remettre en question le bon sens de l'accord que j'avais conclu.

L'horloge n'avait même pas terminé sa neuvième sonnerie et avait de sérieuses réserves.

J'avais perdu mon sourire.

«Et il n'y aura plus d'explosions dégoûtantes de votre bouche,» il a continué, «vous vous adresserez à moi comme Maîtresse. Comprenez-vous?

J'ai eu une vision dans ma tête pour me lever et frapper mon poing sur ces lèvres rouges pulpeuses.

Mais j'ai vu Janeth pleurer et Ralph essayer de réconforter sa nouvelle femme.

Mon estomac se retourna.

"Oui," dis-je doucement et j'accélérai le déshabillé.

Le déclic était plus fort et j'ai frissonné avant qu'il ne me frappe.

Je retins une tempête de jurons et laissai échapper un petit grognement.

"Si ce?" demanda.

C'était une soumission totale.

C'était contre tout dans mon être.

Vingt-quatre heures?

Je n'étais pas sûr de ce qui se passerait dans la première minute.

"Oui, Maîtresse," dis-je dans un souffle.

J'ai rapidement jeté mes chaussures et mes chaussettes dans le panier et me suis levé pour retirer mon pantalon.

Son sourire était revenu.

Retour au sourire chaleureux et accueillant.

Merde, il lui avait plu.

Je la préférais agaçante.

Il était en colère et il était juste qu'elle souffre aussi.

J'ai enlevé mon boxer et mon pantalon en un seul mouvement.

Je ne les ai pas mis dans le panier.

Au lieu de cela, je les ai jetés avec une attitude de dégoût.

Je n'avais pas besoin de l'aimer.

Le panier a dérapé de quelques centimètres de force.

J'ai reçu un sourire sarcastique.

Je ne savais pas si c'était à cause de mon attitude ou du fait que ma bite maintenant exposée ne montrait pas beaucoup d'intérêt pour la situation.

"A genoux!" demanda.

Je tombai rapidement au sol, le marbre froid écrasant mes genoux.

J'ai gardé mon expression de dégoût et j'ai eu l'air stimulant, autant qu'un homme nu le pouvait, dans ses yeux.

"Baisser les yeux!" elle a commandé.

Cette fois, j'ai bougé lentement.

Je me suis assuré avant de lui lancer un regard inquiétant alors que mes yeux se déplaçaient vers les siens, le long de sa poitrine, devant son bassin et descendant jusqu'à ses pieds.

Elle était assez mince et en forme pour quarante ans.

«Salope de quarante ans», me corrigeai-je.

Il se pencha à côté de mon oreille.

"Reste comme ça. Pendant que je me prépare, pense à une bonne excuse avec le panier pour ce qui s'est passé," murmura-t-il bruyamment.

Son souffle chaud a envoyé un frisson dans ma colonne vertébrale.

Ses paroles ont provoqué la fureur dans mon sang.

Merde si je vais m'excuser pour un panier.

Elle se dirigea vers les escaliers.

CHAPITRE 5

Le renard m'a laissé là, à genoux sur le marbre froid, pendant quinze minutes.

Je le savais, car j'ai triché en regardant l'horloge en haut des escaliers.

Je devais montrer ma rébellion où je pouvais.

Il n'en restait que vingt-trois et trois quarts.

Ma tête était baissée, mais mes yeux filtraient secrètement vers le haut alors que le démon descendait les escaliers.

Je m'attendais à une sorte de tenue skinny en latex noir avec de longs talons pointus.

Mais je ne m'attendais pas à ce qui se passait dans les escaliers.

Elle était complètement nue.

Rien, pas même des bijoux ou des décorations.

Sa main tenait toujours le fouet maudit avec confiance.

J'ai maudit ma bite alors qu'elle commençait à répondre légèrement à ses seins rebondissants à chaque pas que je faisais.

Elle montait les escaliers, montrant clairement le résultat de tout programme d'exercices qu'elle exécutait également.

"Salope, salope, salope," corrigeais-je mon cerveau.

Ma bite m'a ignoré comme un traître visqueux.

Elle se tenait devant moi, ma tête pointant vers ses pieds, mes yeux scrutant entre ses jambes.

Il me détestait de vouloir voir.

Il y avait là, à cinquante centimètres de là, une jolie fente sans poils, nue comme le jour de sa naissance.

J'ai dégluti avant de baver et de forcer mes yeux à revenir au sol.

«Salope, salope, salope. Et baise ma bite perfide.

«Vos excuses? Cela ressemblait à une question, mais je savais que c'était un ordre.

J'avais complètement oublié d'en trouver un.

C'est juste un panier de merde.

"Désolé panier," murmurai-je.

Il ne pouvait pas croire à quel point c'était embarrassant de le dire.

Le clic m'a averti une fois de plus de ce qui allait arriver.

"Cela ... n'a pas ... l'air ... sincère!"

Il a souligné chaque mot avec un coup de fouet du fouet à ma cuisse et sur le côté.

Un à la fois était gérable.

J'ai involontairement plissé les yeux et j'ai à peine apprécié la rafale de coups de poing.

Des visions de saisir la chose de sa main et de fouetter son corps ont inondé mon cerveau.

Pourquoi suis-je d'accord avec cela?

Il a fait une pause, j'ai supposé qu'il me laisserait réessayer.

Je laisse mes yeux monter un peu, plus pour voir si un autre coup venait.

Ce que j'ai vu était quelque chose de brillant sur les lèvres de son vagin.

Ma douleur l'excitait.

C'était un perdant-perdant, quelle que soit ma réaction.

«Je suis vraiment désolé, Mme Basket. Je ne vous manquerai plus jamais de respect.

Je l'ai enlevé du haut de ma tête et l'ai clairement épelé.

La sorcière s'accroupit à mon niveau.

J'ai brièvement regardé ses lèvres inférieures s'ouvrir et montrer la fleur rose humide.

Il a soulevé mon menton et a forcé mes yeux vers les siens.

«Je te crois,» dit-il avec ce sourire affectueux.

Merde, je l'ai rendue heureuse à nouveau.

Et ces putains de lèvres rouges brillantes étaient à quelques centimètres des miennes.

Je les voulais entre mes dents pour pouvoir mordre et voir si leur sang était aussi rouge.

J'étais sûr que ma colère était évidente sur mon visage.

Son sourire s'agrandit quand ses yeux tombèrent entre mes jambes.

Ma bite avait décidé d'ignorer ma colère et de profiter de sa nudité.

« Touchez ça et je vais vous montrer la vraie colère », souligna-t-elle avec des lèvres rouge rubis.

Elle a souligné son point en touchant légèrement mon érection avec l'extrémité en cuir du fouet.

J'ai frissonné aux implications.

Ma bite perfide se déplaça à l'attention.

Baise moi, c'était tout ce à quoi je pouvais penser.

Elle se leva en penchant ma tête vers le sol.

Mes yeux sont revenus sur ses pieds, constatant que leurs ongles étaient impeccablement peints d'un vernis rouge vif.

« Suivez-moi », m'ordonna-t-il et se dirigea vers les escaliers.

"Oui madame," dis-je sans réfléchir.

J'ai serré les mains en poings pour me punir de tomber amoureux de son jeu.

Mes jambes me faisaient mal quand je me suis levé.

Ils n'ont pas vraiment apprécié la position à genoux et se sont plaints jusqu'à ce que je puisse les redresser.

En montant les escaliers, j'ai réussi à faire couler du sang à travers eux et à retrouver leur vigueur.

Je la suivis par derrière en montant les marches avec inquiétude.

J'ai imaginé des situations avec une sorte de chambre de torture.

Et voir son cul serré n'aidait rien dans la situation.

À chaque pas, il se balançait à gauche ou à droite, mais ne rebondissait jamais.

C'était comme un oreiller ferme qui demandait à être caressé.

J'ai gardé mes mains immobiles et j'ai désespérément essayé d'ignorer la vue.

Salope, salope, salope.

CHAPITRE 6

Je l'ai suivie dans le couloir jusqu'à une pièce à l'autre bout.

L'appréhension me frappa à nouveau durement.

C'est exactement là que se trouverait une salle de sexe privée.

Loin du passage habituel où les invités n'étaient pas susceptibles de trébucher.

Mon cœur s'est un peu accéléré.

L'idée d'être lié à un artefact étrange avec la sorcière démon en contrôle total n'était pas une idée très agréable.

Je pourrais jouer de la soumission, mais je ne pense pas que je pourrais aller jusqu'au bout.

J'ai ralenti mes pas, essayant de me donner un peu de temps pour réfléchir.

Pas même une heure complète ne s'était écoulée.

Je l'ai vue disparaître dans la pièce.

Je me suis arrêté, j'ai fermé les yeux et j'ai essayé de penser jusqu'où j'étais prêt à aller.

Il était prêt à passer à autre chose tant qu'il pouvait l'arrêter s'il le voulait.

C'était la ligne qu'il ne voulait pas franchir.

Être esclave n'était pas une option.

Même si je devais faire la queue pour les chômeurs, je n'allais pas lui donner ça.

Ma fierté est revenue dur.

J'ai avancé avec un but.

Cela commençait à se terminer maintenant.

Je suis entré dans la pièce et j'ai perdu le fil de mes pensées.

La pièce était claire et aérée.

Deux portes-fenêtres s'ouvraient sur un balcon recouvert de pots de fleurs colorés qui donnaient à la pièce son parfum.

Il y avait une commode blanche avec des bouteilles et des lotions et une pile de serviettes blanches fraîches.

Au centre de la pièce se trouvait une table de massage.

Et elle était couchée sur le ventre, la tête sur un petit oreiller, ses yeux me regardant comme des poignards.

"Déplacez-vous, salope!" Elle cracha: "L'huile chaude est sur la commode."

Un massage pourrait le faire.

Si j'évitais ses mauvais yeux, il aurait l'air magnifique sur la table.

Il avait la bonne courbe dans le bas de son dos pour accentuer ses fesses.

J'ai souri à ma chance.

«Désolé, Maîtresse,» dis-je en me déplaçant rapidement dans l'huile.

Elle m'a frappé au cul avec le fouet quand je suis passé.

J'ai donc donné un petit frisson qui semblait satisfaire son besoin de punir.

En vérité, il n'y avait aucune force derrière cela.

Si vous y réfléchissez, j'étais en charge maintenant.

Sa peau était à ma merci.

Je n'étais même pas en colère contre ma bite alors qu'elle luttait pour faire ressortir la beauté devant moi.

J'ai jeté une serviette sur mon épaule et j'ai sorti le distributeur d'huile chaude du radiateur.

Je pouvais sentir le parfum de lavande que l'huile dégageait lorsque je me suis installé à table.

«Commencez par mes bras,» dit-il doucement.

Il laissa le fouet à une extrémité de la table et plaça les deux bras le long de ses côtés.

J'ai versé un peu d'huile sur mes mains et les ai frottées ensemble pour obtenir un bon composé uniforme.

J'ai commencé sur sa main droite, plus précisément la paume, avec mes pouces.

Je savais une ou deux choses sur le massage.

J'en ai eu de très bons et je me souviens comment cela a été fait.

Une fois, j'en ai eu un sur un bateau de croisière qui m'a pratiquement emmené au paradis.

Cette femme plus âgée dans la soixantaine avait les mains d'un ange.

Elle a transformé tous mes muscles en gelée.

Il essaierait de doubler ses talents cette fois.

Mme Buttingson gémit alors que je glissais mes pouces sur sa paume.

Je sentis les muscles de sa main quitter son stress.

Je me suis déplacé vers mon poignet après une autre couche d'huile, pétrissant doucement, augmentant lentement la pression alors que j'atteignais l'avant-bras charnu.

Je l'ai regardée respirer lentement et elle a réajusté sa tête pour plus de confort.

Elle tombait en morceaux entre mes mains.

J'ai appliqué plus d'huile et travaillé en cercles lents autour de ses biceps tout en regardant ses fesses.

C'était vraiment une chose de toute beauté.

Je me suis déplacé autour de sa tête, passé le fouet au ralenti, vers sa main gauche.

J'ai répété le processus sur ce bras avec plus de gémissements donnés par le diable pour une réponse.

Ma tête flottait avec des visions de saisir le fouet et de peindre de belles stries sur son cul ferme.

C'est à ce moment-là que j'ai réalisé que je devenais un peu nerveux.

J'étais dans ce jeu depuis environ quinze minutes et j'avais l'impression d'être dans ce jeu depuis un siècle.

"Arrête de regarder mon cul," ordonna-t-il.

J'ai réalisé que ses yeux regardaient les miens.

«C'est difficile à ignorer, Maîtresse,» dis-je en souriant.

Je pense que deux pourraient jouer à ce jeu.

Il n'avait rien dit de mal et venait de lui faire un compliment voilé.

Peut-être pensait-il lui avoir dit que ses fesses allaient bien, ou étaient trop grandes, ou signifiait simplement qu'il était nu.

Je pouvais remarquer les pensées derrière son regard et apprécier sa confusion.

Je me suis déplacé au-dessus de sa tête, j'ai couvert mes mains avec plus d'huile et j'ai commencé à travailler sur ses épaules.

"Pourquoi est-ce difficile de l'ignorer?" demanda-t-il d'un ton qui semblait un peu menaçant.

Le long délai entre ma déclaration et votre question a été délicieux.

Toutes les femmes doutent de leur corps.

Même une chienne riche et puissante comme elle.

Il n'a pas fallu un génie pour savoir qu'il avait atteint un point faible.

"Je ne suis pas celui qui vous le dira, Maîtresse."

Je l'ai esquivé en tant que serviteur du début du 19e siècle.

Il avait peu de pouvoir dans la relation, mais il saisirait ce qu'il pouvait.

Je savais que cela pouvait exploser sur mon visage, mais que diable.

Certains risques sont plus amusants que d'autres.

Elle gémit alors que je pétrissais fermement derrière ses oreilles et le long de son cou.

«Arrête de baiser et réponds,» soupira-t-il.

Il lui était difficile de se mettre en colère en travaillant son cou.

Il pouvait sentir les muscles perdre son désir de rester éveillé.

"Eh bien, ça ressort un peu, madame," J'ai pris un risque.

Je savais qu'à l'heure actuelle, la situation penchait vers le mauvais côté du spectre.

Je pouvais sentir les muscles se resserrer sous mes doigts.

Cela a peut-être poussé les taquineries un peu trop loin.

Je me suis penché contre son oreille et lui ai chuchoté:

"Parce que c'est putain de parfait."

J'ai omis la maîtresse juste pour me moquer d'elle.

Il voulait voir comment il gérerait un compliment mêlé d'insubordination.

Il leva lentement la main, saisit le fouet et me toucha légèrement la cuisse.

"C'est putain de parfait, Maîtresse," répétai-je.

« Alors tu as ma permission de regarder mes fesses », dit-il d'un ton endormi et il retourna le fouet et sa main sur la table de massage.

J'ai vu un demi-sourire et j'ai su que sous son extérieur dur se trouvait une femme timide.

Un point pour moi.

J'ai commencé à travailler sur son dos.

J'ai mis mes mains huilées le long de sa colonne vertébrale juste au-dessus de ses fesses.

Puis je suis retourné le long des côtés vers le haut, en grattant à peine les côtés de ses seins écrasés.

Mon imagination a été activée et j'ai vu ces lèvres rouge rubis entourant ma bite alors que je me déplaçais d'un côté à l'autre le long de son dos.

Il lui aurait suffi d'une petite inclinaison de la tête pour le faire.

Je suis rapidement retourné à ses côtés pour faire sortir l'image de ma tête.

J'avais désespérément besoin de gérer mon érection.

J'ai passé encore dix minutes sur son dos avant de me lever.

Si vous voulez vraiment détendre quelqu'un, essayez un massage à l'huile chaude sur la plante des pieds.

Je l'ai presque endormie en travaillant sur ses orteils et en frottant les semelles avec ses pouces.

J'ai même pu calmer mon érection, au moins jusqu'à ce que je lève les yeux.

Nichée entre ses cuisses, juste en dessous de ses fesses parfaites, une partie de sa fleur intime était exposée.

J'ai senti un pincement exciter à nouveau ma bite.

J'ai essayé de détourner le regard, mais il y avait un brillant douillet sur les lèvres exposées.

Elle était mouillée et j'avais chaud comme l'enfer.

Des lèvres magnifiques, un cul parfait et une chatte brillante - c'était plus qu'un homme ne devrait supporter.

Je me forçai à regarder ses pieds et redoublai d'efforts.

Il ne fallut pas longtemps avant que mes yeux ne reviennent au sommet de ses cuisses.

Mes couilles commençaient déjà à me faire mal.

Je me suis déplacé sur le côté et j'ai commencé à travailler sur sa jambe.

Elle a rétabli sa position sur l'oreiller les yeux fermés.

Je ne pouvais plus voir que son magnifique cul maintenant.

Les deux sets de lèvres m'ont été cachés, ce qui m'a aidé un peu.

J'ai tourné mon esprit vers les affaires.

J'ai réfléchi à ce qui pourrait être fait avec le nouveau fonds de roulement.

Cela pourrait augmenter le marketing et donc augmenter les ventes une fois que nous serons à nouveau opérationnels.

Je pourrais engager Ralph pour de l'aide et accélérer le développement final.

Il y avait une entreprise spécialisée dans les interfaces utilisateur susceptibles d'améliorer l'expérience utilisateur.

Ces pensées n'ont pas réduit l'enflure, mais elles ont calmé les impulsions immédiates.

Encore quinze minutes et seul son cul n'était pas huilé.

Autant je voulais pétrir cette viande serrée, autant je ne pensais pas que mes pauvres boules pouvaient le supporter.

Je ne savais pas non plus si son retour allait me rendre service.

Peut-être que l'heure qu'il avait déjà passée avec elle suffirait.

"Vous ignorez volontairement mon cul," dit-il dédaigneusement.

J'ai arrêté de respirer pendant un moment alors que je regardais sa perfection tendue.

Il était temps pour un peu de vérité.

«Je vais exploser, Maîtresse,» dis-je à contrecœur.

J'espérais qu'elle ferait preuve de pitié.

Bon sang, ça me soulagerait.

Il leva la tête paresseusement et regarda entre mes jambes.

J'ai suivi son regard.

Il y avait une longue chaîne de liquide préséminal clair du bout de ma bite au sol, se terminant par une petite flaque d'eau.

"Oh," dit-elle avec peu de compassion, "pour le bien de vos employés, j'espère que vous ne perdrez pas tout avant la fin du temps imparti." Elle posa sa tête sur l'oreiller. "Continuez votre travail."

«Putain de salope! Je me suis dit.

Je l'ai presque exprimé à haute voix, mais sa référence à mes employés m'a fait le retenir.

C'était une putain démoniaque sexy et maléfique.

Je n'ai jamais été aussi bas de ma vie.

Je recouvre mes mains d'huile, ferme les yeux et pétris ces magnifiques fesses.

J'ai essayé de m'imaginer en train de pétrir de la pâte à pizza.

Ça n'a pas marché.

J'ai fini par mordre l'intérieur de ma joue jusqu'à ce que je goûte le sang.

Il la détestait avec passion à l'époque.

Je commençais à penser que mes pensées précédentes du donjon auraient été préférables.

La douleur m'aidait alors je me suis mordu la langue.

Dur.

J'ai appliqué plus d'huile et j'ai décidé de faire du bruit.

Cette fois j'ai passé le côté de ma main entre ses fesses, délibérément le long de son anus.

Je ne l'ai pas fait avec tendresse et je n'ai pas prétendu que c'était un accident.

J'ai vu ses pieds sauter.

Plus de cette merde lente et mignonne.

Ma bite me tuait et la colère et la douleur étaient les seules choses qui m'ont donné une légère respiration.

Au fait, j'ai traîné ma main dans la fissure et je me suis assuré que son anus n'était pas ignoré.

J'ai vu tout son corps se contracter et sa tête s'est levée.

Elle roula sur le côté, son cul hors de ma portée.

"A genoux!" Elle a crié.

Je suis tombé à genoux et j'ai laissé mes yeux tomber sur le sol.

Je ne pouvais pas croire à quel point je respirais fort.

Au moins, je ne pouvais plus voir sa nudité.

Mon pauvre sexe bougeait, demandant du soulagement.

J'ai fermé les yeux et j'ai prié pour la douleur.

J'ai entendu le bourdonnement et je n'ai pas bronché quand il m'a frappé dans le dos.

J'ai apprécié la douleur.

Je me suis penché dessus.

C'était une merveilleuse distraction.

Un son sortit de ma bouche, pas un gémissement, mais un gémissement de soulagement.

Un autre bourdonnement, plus fort que le premier, siffla à mon oreille et me frappa à la poitrine.

Cette fois, j'ai émis un "ahhh" quand le sang a commencé à quitter ma bite et à retourner dans mon corps.

Il n'y a pas eu de troisième coup, même si j'en souhaitais un troisième.

"Plus," je l'ai supplié.

J'ai dû perdre mon désir.

J'étais venu si loin que j'ai décidé de ne pas m'arrêter maintenant.

Je voulais que la passion me soit enlevée.

Il m'a répondu en silence.

Ouvrant les yeux, je levai les yeux.

Elle se tenait devant moi dans sa gloire nue, ces lèvres pleines de rubis rouge et son fouet noir à la main.

Il avait de la confusion sur son visage.

Je n'aimais pas ça, même si je savais que je devais le faire.

"S'il vous plaît," le suppliai-je à nouveau.

J'avais peur que mes pièces se brisent.

Je voulais, pour la première fois de ma vie, perdre mon érection.

Il leva le fouet, y réfléchit mieux et le laissa tomber à côté de lui.

"Les yeux baissés! Reste comme ça!" Il a ordonné et a ensuite quitté la pièce.

CHAPITRE 7

Je n'ai aucune idée depuis combien de temps il est parti.

Tout ce qu'il savait, c'était que le silence et le manque de stimulation visuelle ramenaient lentement tout à la normale.

Ma fréquence cardiaque a chuté et je me suis sentie à nouveau calme.

À ce stade, j'ai eu du mal à comprendre comment j'en suis arrivé au point où je demandais à être fessée.

J'ai gardé la connaissance qu'elle n'aimait manifestement pas qu'on lui demande.

Il avait acquis un autre petit contrôle.

Quand le démon est revenu, il m'a trouvé encore agenouillé et regardant le sol.

C'était une sorte de position thérapeutique pour moi à l'époque.

Cela m'a permis de réfléchir sans distraction et la légère douleur dans mes genoux m'a aidé à sortir de ma situation pré-orgasmique.

Elle s'adossa à la table.

"Vous recommencerez," dit-elle, "vous resterez calme et vos doigts seront doux."

Il semble qu'elle avait des limites à sa domination.

Je pense qu'elle a trouvé ma limite et qu'elle était prête à prendre du recul, mais elle n'allait pas l'admettre.

J'ai été surpris d'entendre le mot « amour ».

Cela ne semblait pas correspondre à l'arrangement qu'elle avait imaginé.

Et ce n'était pas exactement une bonne description de ce qu'il faisait quand j'ai attaqué ses fesses.

Je me suis levé, fléchissant les genoux, pour récupérer le sang dans mes jambes.

Elle était magnifique allongée là.

Ses seins s'étaient légèrement relâchés sur les côtés et ses cheveux coulaient sur l'oreiller et sur le sol.

Elle avait enlevé la tresse qui donnait à ses cheveux une jolie boucle.

Mais j'étais un peu stressé.

Cette femme calculait.

Je me suis promis de rester prudent.

"Par où ma Maîtresse voudrait-elle commencer?"

C'était au début du 19e siècle.

J'ai souri, me sentant plus comme si j'étais à nouveau.

"Les bras, les épaules, les seins, le ventre et puis la chatte. Dans cet ordre", déclara-t-elle sans réserve.

Ma bite a secoué.

Espèce de salope, ai-je pensé.

Elle essayait d'être plus provocante.

Elle allait me faire revenir pour la porter.

Elle allait me «tuer» d'anxiété.

Quand elle a dit «amour», elle voulait dire tuer lentement.

"Oui, Maîtresse," répondis-je.

Je me suis huilé les mains et j'ai essayé de penser au baseball.

Je détestais le baseball.

Je suis allé travailler dans ses bras, lentement comme elle l'exigeait.

J'ai pu garder mes yeux loin de ses parties et me concentrer uniquement là où étaient mes doigts.

Elle savait que cela ne fonctionnerait que jusqu'à ce qu'il atteigne ses seins, mais cela fonctionnait en ce moment.

Ma bite était assez drainée et j'espère pouvoir prendre ma retraite.

Du coin de l'œil, j'ai vu un sourire entendu.

Salope, salope, salope.

Quand j'ai atteint ses épaules, j'ai dû me tenir sur sa tête.

Ma vision périphérique capturait ses lèvres et ses seins rubis.

Ma bite respectait cela autant que si c'était un signe d'encouragement.

J'ai respiré lentement, essayant de ralentir mon rythme cardiaque.

J'ai baissé les yeux et n'ai vu que ses lèvres.

Ces deux belles lèvres rouge rubis.

Elle les léchait très légèrement.

J'ai rapidement regardé dans ses yeux et j'ai vu de l'humour en eux.

Puis elle soupira, écartant doucement ses lèvres.

Il a donné un long clin d'œil quand il a vu ma bite recommencer à pousser.

Au moins, son épuisement pourrait ralentir un peu sa renaissance.

Quand je l'ai regardé à nouveau dans les yeux, elle se mordait tendrement la lèvre inférieure.

"Maîtresse, s'il vous plaît," je l'ai suppliée.

Elle m'avait et elle le savait.

J'aurais dû essayer de négocier plus dur, peut-être moins de temps plus fréquemment sur les dates.

Vingt-quatre heures semblaient au-delà de la résistance normale des hommes.

"Mes seins maintenant."

Elle a ignoré mes appels et a maintenu la pression.

Son sourire revint à cette mauvaise qualité.

J'ai appliqué une nouvelle couche d'huile sur mes mains.

J'ai arrêté de m'assurer qu'ils étaient bien couverts.

J'avais besoin d'autant de bloqueurs que je pouvais m'aider.

Je me penchai en avant et, ce faisant, je sentis ses cheveux écartés chatouiller le bout de ma bite.

J'ai failli sauter hors de moi quand j'ai senti la douce caresse de ses cheveux.

Un petit rire à moitié s'échappa des lèvres de la garce.

J'ai commencé à bouger à côté de lui, loin de ces brins brun chatouilleux.

«Restez où vous êtes et concentrez-vous sur les mamelons», ordonna-t-elle. "Et tendrement," ajouta-t-il, se rappelant probablement mon travail précédent.

Essayant de ne bouger mon bassin d'aucune façon, j'ai commencé à lui masser les seins tendrement.

Avec précaution, je mets les mamelons entre mon index et mon pouce.

Je sentis ses cheveux glisser à travers mon érection grandissante.

"Mmmm, ça fait du bien," murmura-t-il en secouant lentement la tête de gauche à droite, traînant ses cheveux d'un côté à l'autre.

"Maîtresse, s'il vous plaît," la suppliai-je à nouveau.

Ma bite commençait à gagner sa vigueur précédente, donc la situation frôlait la peur.

Il n'était pas sûr de ce qu'il pouvait supporter avant que le dommage physique ne soit rétabli.

Je veux dire, la douleur à la balle était une chose, mais en abuser devait être préjudiciable à la parentalité.

«Le ventre maintenant», ordonna-t-il et désigna son côté droit.

J'ai soupiré en me déplaçant rapidement sur le côté et en rafraîchissant mon huile.

Il avait l'intention d'y passer le plus de temps possible.

Si vous plissez les yeux correctement, vous pouvez former un petit tunnel de vision qui annule presque complètement votre vision périphérique.

J'ai appris cette compétence à ce moment-là.

Ses seins et sa chatte ont disparu de la vue et je me suis joyeusement concentré sur son ventre.

Je devais apprécier le succès de tout programme d'exercice que je ciblais.

Il pouvait sentir les muscles sous sa peau.

Si elle était un homme, elle aurait eu un forfait super plus.

«Je suppose qu'étant un homme, vous avez des pensées sur mes beaux seins,» dit-il dans la conversation, «vous voulez probablement savoir ce que ce serait de glisser votre bite entre eux.

Les visions ont envahi mon cerveau à nouveau.

J'ai baissé les yeux et je n'ai vu que des seins brillants et glissants.

"Oh mon Dieu!" M'écriai-je alors que le sang inondait à nouveau ma bite.

Elle a ignoré mon manque de servilité dans ma langue.

«Je soupçonne qu'il serait chaud d'avoir ta bite enveloppée entre eux. Combien de temps penses-tu que tu pourrais durer avant de te vider sur mes lèvres?

Son ton était indifférent.

Mes genoux faiblissaient et je me sentais un peu étourdi.

J'ai fermé les yeux et j'ai commencé à hyperventiler.

Je luttais dur pour faire sortir de mon esprit l'image de ses lèvres couvertes de sperme.

Il est extrêmement difficile de ne pas penser à quelque chose comme ça quand on vous le dit.

"De l'huile dans ma chatte maintenant," ordonna-t-elle.

Il leva les genoux et écarta les cuisses.

Je travaillais dur pour affaiblir mentalement mon érection en huilant à nouveau mes mains.

Et il échouait lamentablement.

"J'aime vraiment ça parce qu'on ne sait jamais ce qui peut arriver."

Ma bite a émergé à nouveau de ses paroles.

Je me suis presque baissé pour le vider.

Un million de dollars: c'est ce que signifiait sa contribution plus la prolongation du prêt.

C'était juste une affaire de balles dures entre un million de dollars.

Je mordis ma langue et massai l'huile dans sa chatte aussi doucement que possible.

J'ai senti chaque crête et le va-et-vient de ses lèvres tendres et douces.

Mais sans rien voir, en gardant les yeux fermés.

"Utilise les deux mains. Je veux que tu me donnes un bel orgasme lent," ordonna-t-il.

Je suis allé travailler en prenant une profonde inspiration, en retenant chaque respiration pendant quelques secondes, puis en la relâchant lentement.

Ma main gauche était occupée à tester sa capuche pour exciter son clitoris.

J'ai lentement inséré deux doigts de ma main droite dans son ouverture chaude.

Elle n'avait pas besoin d'huile, son tourment sur moi suffisait à imbiber tout son canal.

"Oui, ça fait du bien," encouragea-t-elle, "bien, gentil et lent."

Je n'allais pas pouvoir le faire.

Même les yeux fermés, mes sens savaient où étaient mes mains.

J'allais jeter ma charge et même si je ne toucherais jamais ma bite.

Il n'y avait qu'une seule solution.

"Tu es une salope!" J'ai annoncé et déplacé mes fesses vers la tête de la table.

Le coup de sifflet du fouet fut presque instantané.

Elle attendait ma rupture.

Cette fois je lui ai donné ce qu'il voulait, j'ai crié de douleur quand le fouet a trouvé mon cul.

Ses hanches se soulevèrent.

J'ai crié à nouveau quand le deuxième coup a atterri et j'ai senti les muscles de sa chatte se presser contre mes doigts.

Le fouet tomba au sol alors que son orgasme prenait le contrôle total de son corps.

Ma main gauche bougeait rapidement, jouant avec son clitoris, tandis que ma main droite forçait ses doigts plus profondément.

Un fort gémissement résonna sur le balcon et son dos se cambra.

Les gémissements montaient et descendaient en fréquence alors que des vagues de plaisir parcouraient son corps.

J'ai eu du mal à retenir l'assaut avec mes doigts.

Quand ses hanches sont tombées, j'ai réduit ma main gauche à de douces caresses.

Ma droite est allée à un lent massage interne.

Elle soupira bruyamment et tomba à genoux.

Mon besoin s'était légèrement atténué alors que je me concentrais sur le sien.

Une étrange relation inverse.

J'ai soigneusement extrait mes mains alors que sa respiration ralentissait.

J'ai regardé son corps mou et repu et je l'ai trouvé beau.

Je me penchai et ramassai le fouet du sol.

Comme un idiot, je le lui ai remis.

«J'espère que ma maîtresse me pardonnera de l'avoir traitée de salope,» dis-je avec une fausse sincérité, «je sentais que j'avais besoin d'un peu ... d'encouragement.

Il était préparé pour encore quelques coups, bien placé.

Cela valait la peine de lui faire savoir que j'avais son attention.

Étonnamment, elle a pris le fouet et m'a tapoté l'avant-bras.

«Ce moment a été excellent», a-t-il déclaré avec son sourire chaleureux et invitant.

Je poussai tendrement une mèche en sueur de ses cheveux de l'avant de son visage à l'arrière de son oreille.

Il avait un fort désir d'embrasser ces lèvres rouge rubis.

Je secouai la tête et détournai le regard.

La salope me torturait depuis plus d'une heure.

Je n'allais pas commencer à aimer ça maintenant.

Je penserai à m'aimer le lundi quand j'ai un million de dollars.

Vingt-quatre heures soudain ne semblaient pas si imposantes.

CHAPITRE 8

Il s'assit sur le bord de la table.

"Tu vas me baigner maintenant," dit-elle en se contrôlant à nouveau.

Je priais pour que ma bite voie cela comme une opération clinique.

J'étais vraiment préoccupé par le nombre d'érections insatisfaites qu'un homme peut avoir en une journée.

Peut-être qu'un coq pourrait abandonner et ne plus jamais se relever.

Je n'étais pas fan de cette merde de déni.

Lorsqu'il s'est levé, son pied a glissé sur le sol.

J'ai vu l'arrière de sa tête bouger rapidement pour toucher la table.

Sans réfléchir, j'ai tendu la main et elle s'est retrouvée en sécurité dans mes bras.

Je soupirai de soulagement.

L'adrénaline injectée dans mon système m'a fait frissonner un peu quand je l'ai levée.

Je n'avais même pas réalisé que nous étions nus et que je tenais ses seins jusqu'à ce que je la libère.

C'était la deuxième fois aujourd'hui que je voyais de la confusion dans ses yeux.

Pendant un bref instant, elle a perdu le contrôle et je suis devenu le contrôleur.

Je ne sais pas pourquoi j'ai ressenti le besoin d'avoir des ennuis, mais je l'ai fait.

"Est-ce que Maîtresse a du mal à dire merci?"

J'ai souri quand je l'ai dit.

C'était un sourire ironique qui méritait une gifle.

Je voulais raffermir sa patience puisqu'elle avait toujours joué avec la mienne.

J'ai reçu quelque chose auquel je ne m'attendais pas.

"Merci, Richy," dit-il sincèrement.

Il se pencha en avant et m'embrassa sur le front.

C'était le genre de baiser qu'une mère ferait à un enfant.

La différence était que ma mère n'avait jamais eu de lèvres rouges rubis aussi sensuelles.

Je me suis penché dessus et je souhaitais que ce soit plus que le baiser que c'était.

«Maintenant, nettoyez le sol. Votre bave de votre bite m'a presque tué.

Sa voix revint instantanément au chien.

J'ai pris une serviette propre, et sur mes mains et mes genoux, j'ai commencé à nettoyer les petites traces de liquide pré-séminal que j'avais laissées sur le sol autour de la table.

Je me suis demandé si l'on pouvait se déshydrater en perdant du liquide à ce rythme.

J'ai pris mon temps avec elle debout derrière moi.

Il semblait prendre plaisir à me regarder nu pendant qu'il nettoyait le sol.

J'ai aimé retenir l'inévitable retour à la souffrance.

Peut-être que je pourrais faire quelque chose pour la lessive ou quelque chose.

***

Lorsque la plupart des gens se baignent, c'est soit une baignoire avec un robinet surélevé, soit un espace en plastique quatre par quatre.

Cette femme aimait les douches.

C'était une petite cabine avec plusieurs pommeaux de douche bidirectionnels et une sorte de machine à pluie suspendue comme un plafonnier.

Il y avait un banc, pas une sorte de siège, mais un banc en marbre noir d'environ six pieds de long qui courait le long du mur.

Les murs, le sol et le plafond étaient décorés de carreaux à motifs, pas de carreaux à motifs, mais de motifs faits de carreaux de différentes couleurs.

Ces motifs étaient de bon goût avec différents styles en couches et en bandes.

Des étagères avaient été placées avec des bouteilles en plastique et des ustensiles à récurer.

La lumière naturelle pénétrant à travers les fenêtres givrées rendait toute la pièce très attrayante.

"Wow," dis-je, oubliant une fois de plus la 'Maîtresse'.

Je n'avais jamais été impressionné par une douche auparavant.

Je ne savais vraiment pas que je pourrais être impressionné par un.

Je n'ai pas vu les clés là où je m'attendais à ce qu'elles soient.

Ouvrir et fermer l'eau était un mystère.

J'ai eu une fois, il y a de nombreuses années, une petite amie qui aimait vraiment faire l'amour sous la douche.

Je ne pouvais qu'imaginer l'orgasme qu'elle aurait dans un endroit comme celui-ci.

Il n'avait pas pensé à Wendy depuis des années.

Elle m'a laissé pour un comptable qui était un peu plus mariable.

La rupture était même sous la douche après un sexe humide.

Elle voulait une baise plus humide.

Il était à son mariage cinq mois plus tard.

C'était une gentille fille et je lui souhaitais vraiment bonne chance, mais les douches n'ont plus jamais été les mêmes depuis.

Mme Buttingson est entrée dans la salle de bain et est allée travailler sur un panneau plat encastré dans les carreaux près de l'avant.

Ses doigts étaient flous quand il pratiquait une série de choix et faisait quelques sélections avant de pouvoir lire ce qu'ils étaient.

Il appuya sur un bouton numérique vert qui apparut et l'écran devint noir.

L'eau a commencé à pleuvoir du plafond d'une manière douce mais évidemment fluide.

Elle se tenait à l'entrée, attendant.

J'ai haussé les épaules et j'ai attendu avec elle.

C'est peut-être quinze secondes plus tard que j'ai entendu le début de la symphonie.

C'était celui qu'il croyait reconnaître, peut-être de Mozart.

Je devais être l'un des grands compositeurs car mes connaissances dans ce domaine de la musique étaient très limitées.

Je ne pouvais que supposer que le début de la musique indiquait que l'eau avait atteint la température désirée.

Dès que la musique a commencé, elle a vacillé dans l'eau.

C'était presque comme si je dansais un peu.

Je l'ai trouvé magique et très érotique.

Ma bite était prête à l'ignorer dans la montée de l'humidité.

Je me suis déplacé derrière elle et sous la pluie de l'eau.

L'eau était de quelques degrés plus chaude que je ne pense parfaite.

De toute évidence, c'était la température exacte qu'elle voulait.

Elle trempa ses cheveux sous l'eau qui tombait et les éloigna de l'eau sur son visage.

Il a attrapé une bouteille de quelque chose dans un coin.

«Les cheveux d'abord», dit-il sans respect.

J'ai pris la bouteille de sa main tendue.

Il s'assit au bout du banc, les jambes tendues sous la pluie chaude.

J'ai mis un genou sur le banc pour pouvoir me rapprocher et j'ai été surpris qu'il ne sente pas le marbre froid.

La fichue chose était chaude!

J'ai mis du shampoing dans ma main et je suis allé travailler dessus.

C'était la partie préférée de Wendy.

Je lui massais le cuir chevelu sous couvert de shampoing, et quand j'avais fini, elle me collait au mur avec passion.

Je savais que je ne pourrais pas revivre ces merveilleux bains de douche avec cette chienne, mais je pouvais lui faire ressentir quelque chose comme ça.

Je mets le shampooing dans ses cheveux et fais très attention à frotter ses tempes chaque fois que mes doigts se rapprochent.

Il savait ce que cela pouvait faire à Wendy.

J'ai supposé que je faisais la même chose avec ma tentatrice démoniaque.

Elle se pencha en arrière dans mes mains et roucoula un peu.

Oui, cela l'affectait beaucoup.

J'aimais le pouvoir qu'il me donnait, le fait de savoir qu'au moins son système nerveux s'effaçait devant moi.

"N'ose pas t'arrêter," ordonna-t-il avec un sourire.

Je n'ai aucune idée de ce que les femmes pensaient de moi en dehors de la chambre, mais aucune ne s'était plaint de mes soins.

Il appréciait les préliminaires, les actes de passion désintéressés qui envoient une femme dans les nuages.

J'ai employé ces talents ici.

Plus cela la rendait heureuse, plus ce serait court quand elle imaginerait plus de souffrance.

Mais je n'aurais pas pu me tromper davantage.

CHAPITRE 9

Je la regardai écarter les jambes alors qu'elle étirait son cou entre mes doigts.

Sa main bougea sensuellement entre ses jambes et un gémissement s'échappa de ses lèvres.

Il n'avait jamais vu une femme se plaindre auparavant, du moins pas en personne.

Malheureusement, ma bite a commencé à apprécier ce spectacle.

Inconsciemment, j'ai accéléré le mouvement de mes doigts.

"Plus lentement," ordonna-t-il et se pencha en arrière pour me donner une vue de l'endroit où ses doigts étaient occupés.

J'ai essayé de ne pas regarder, mais c'était trop merveilleux pour le manquer.

"J'ai amené une femme ici une fois", dit-il avec séduction.

J'ai plissé les yeux et espéré que son histoire se terminerait là.

«Elle adorait l'eau chaude qui coulait en cascade sur nos corps. Mon Dieu, j'aimais ses seins. Ils étaient si fermes avec les tétons roses gonflés qu'ils ont juste demandé à être sucés.

Elle a continué sa torture alors que sa main augmentait son rythme.

J'étais à nouveau dur comme de la pierre, essayant désespérément d'empêcher mon érection de frotter contre elle.

La friction pourrait mettre fin à tout cela rapidement.

"Les choses qu'elle pouvait faire avec sa langue." Elle a continué à se souvenir. «Quand il était entre mes cuisses, je pouvais sentir sa langue s'enrouler à l'intérieur de moi, m'emmenant dans des endroits où aucun homme ne pourrait jamais m'emmener.

«Baise moi! J'allais jouir.

J'ai pensé le faire avec style, en attrapant simplement mon membre et en déchargeant sur les seins de la garce.

«Je dois faire pipi, Maîtresse! Je hurle.

Et je courrais aussitôt.

Elle a dû me laisser faire pipi.

C'était l'occasion qu'il cherchait.

Donnez-moi un bain et dix secondes et je téléchargerai tout.

Si cela me permettait de supporter l'une des vingt prochaines heures, ce serait simplement une bénédiction.

«Avec une érection comme celle-là, ça va être difficile pour toi de le faire», dit-il en souriant d'un air entendu.

Elle tourna son corps vers moi et retira ses doigts d'entre ses jambes.

Ils brillaient de leur humidité.

«Tu ne m'as même pas laissé finir; et j'allais te dire à quel point ça avait été merveilleux.

Et avec ça, et avec ses petits jeux sadiques, elle passa ses doigts couverts de son humidité sur ses lèvres rouge rubis.

Sans le vouloir, j'ai gémi.

Je suis tombé à genoux et j'ai fait des poings avec mes mains.

"S'il vous plaît laissez-moi venir," lui murmurai-je.

Mon sexe bougeait tout seul.

Cette femme pourrait me pousser à la limite à volonté.

Ma société, mon gagne-pain était entre ses mains.

Sa main a frappé violemment mon épaule.

Il n'allait pas répéter la soumission correctement.

Baise-la.

"Tu gagnes, salope," dis-je et ma main se dirigea vers mon boner.

Je le déposais juste ici sous la douche, qui était aussi bien qu'un autre.

Elle bougea plus vite qu'elle ne le pensait possible.

Sa main s'est levée et a attrapé mon poignet, pas dur, il l'a juste saisi.

Juste assez pour que je m'arrête.

"Non," dit-elle.

Elle avait l'air désespérée.

"Nous allons faire une pause. Je suis allé trop loin, mais une pause comme la dernière fois fonctionnera."

Il y avait une profonde inquiétude dans ses yeux.

Elle n'essayait pas de me briser, elle voulait juste le contrôle.

Si elle le voulait, je la forcerais à me laisser faire.

Ma bite s'est levée juste avec cette pensée.

Une pause n'était plus une option, l'accord serait nul, qu'il le veuille ou non.

Je me suis levé lentement, un air de colère sur mon visage.

Il jetait un million de dollars et ruinait la vie de nombreuses personnes.

Il y avait de la peur sur son visage.

J'ai attrapé une poignée de ses cheveux lavés, j'ai incliné la tête en arrière et j'ai fait un pas en avant.

Mes lèvres étaient à quelques centimètres de ces rubis rouges désirables.

"S'il te plaît, touche-moi," grognai-je.

Je ne sais pas pourquoi je l'ai supplié.

Une main, tremblante de peur, s'enroula autour de mon membre et je sentis mes entrailles trembler.

Sans permission, j'ai fusionné ses lèvres avec les miennes.

Ils étaient aussi pleins et lisses que je l'avais imaginé.

Mes hanches ont explosé et j'ai gémi dans sa bouche.

J'ai senti mon sperme retenu pendant longtemps expulsé de ma bite.

Le soulagement était énorme, le plaisir hors de mesure.

Je n'ai jamais eu un orgasme aussi satisfaisant.

Chaque partie de moi a émergé à l'unisson heureux.

Ses lèvres ont répondu alors qu'il explosait sur ses jambes.

J'étais dans un paradis momentané.

Il n'y avait aucune partie de mon corps qui ne piquait d'exaltation.

C'était vraiment un baiser d'un million de dollars.

J'ai rompu le baiser en descendant des nuages.

Elle tomba à genoux dans ce qui semblait être un choc.

"Désolé, tu es trop sexy pour t'ignorer," m'excusai-je entre de profondes respirations.

J'allais en dire plus, mais j'avais une entreprise à sauver.

Je l'ai laissée là, l'air abattu sur le sol.

Cela avait duré un peu moins de trois heures.

Je devrais choisir quelqu'un avec plus de contrôle la prochaine fois.

CHAPITRE 10

J'aurais dû me sentir mal lundi.

Je ne l'ai pas fait.

Il avait décidé de jeter la prudence à la poubelle.

Je n'ai pas pu atteindre le nouveau délai de trente jours alors que mes employés ignoraient leur sort.

Ils avaient trop fait pour m'emmener aussi loin.

Ce n'était pas de sa faute si le capital-risque était allé en enfer.

J'ai convoqué une réunion dans la salle centrale.

L'endroit où nous installerions normalement des tables pour les fêtes de Noël ou pour une future célébration publique.

J'ai regardé les visages interrogateurs, absorbé ma fierté et commencé.

"J'étais en négociation ce week-end pour obtenir les fonds nécessaires pour maintenir l'entreprise à flot. Cela n'a pas fonctionné, mais j'ai trente jours pour en trouver davantage."

Il avait bien caché les problèmes de l'entreprise à tout le monde.

La surprise était évidente sur leurs visages.

"Je suis convaincu que je peux acquérir les fonds nécessaires, mais si j'échouais dans mon objectif, je ne voudrais pas que vous manquiez d'options. J'adorerais que tout le monde attende la solution, mais je sais que certains d'entre vous ont des familles et d'autres considérations."

Je me suis arrêté un instant pour regrouper mes pensées.

J'avais beaucoup réfléchi à cela dimanche et cela semblait déjà avoir plus de sens.

"J'apprécierais que vous passiez la moitié de votre journée de travail pour l'entreprise et l'autre moitié à étudier vos options. Je ne baisserai pas votre salaire pendant cette période, même si vous travaillez à moitié. Je peux vous garantir le chèque de paie ce vendredi et les suivants en

Deux semaines. Après cela, nos prêteurs peuvent accepter le chèque de paie, alors gardez cela à l'esprit lors de l'élaboration de vos projets. Je signerai toute lettre de recommandation et serai heureux de vous fournir des références afin que cette expérience ne ternisse pas votre carrière. "

Mes yeux se sont humides lorsque j'ai parlé de la disparition de quelque chose qui m'avait tellement mis.

"Je suis vraiment désolé d'en être venu. Ce n'est pas ce qu'ils méritent, mais ils méritent la vérité."

J'ai baissé les yeux parce que je ne pouvais plus les regarder.

Ça sonnait mieux quand j'y suis allé dimanche soir.

Janeth m'a serrée dans ses bras et je me suis sentie plus mal.

Paul, notre comptable, a crié:

«Je serai là, beau temps mauvais temps, Richy. Tiens-moi juste au courant.

Il y avait un chœur d'offres qui m'a fait me sentir un peu mieux.

"Mme Buttingson est de retour, M. Carrington," murmura Janeth en désignant la salle de réunion.

J'ai levé les yeux pour voir Virginie dans sa tenue de ville stricte, mais sans ses laquais l'autre jour.

Ses yeux étaient presque aussi rouges que ses lèvres.

Quelque chose n'allait pas dans la façon dont elle se tenait.

Cela semblait presque inconfortable, peut-être moins puissant.

Quand il a vu qu'il l'avait vue, il est entré dans la salle de réunion et a fermé la porte.

Je regardai à nouveau les visages rassemblés où régnaient confusion et sympathie.

"Je reviens maintenant," dis-je en me dirigeant vers la salle de réunion.

CHAPITRE 11

Virginia s'affala sur l'une des chaises.

Tout son équilibre commercial avait disparu de sa peau.

Je ne pensais pas que quoi que ce soit puisse affecter cette femme.

Du moins pas en public.

"Je veux réessayer," balbutia Virginia, presque en pleurant.

Ses yeux étaient rouges à force de pleurer.

Elle souffrait.

Comment diable s'est-il effondré si vite?

"Virginie, ma compagnie ne peut pas être votre jouet," dis-je avec compassion, "il y a trop de vies en jeu. Je suis très reconnaissant pour les trente jours supplémentaires, mais je ne peux pas placer tous mes espoirs sur une sorte de performance sexuelle."

Elle a atteint le téléphone de la conférence et a composé.

"Cottingcom National, comment puis-je vous aider?", A salué l'opérateur.

"Virginia Buttingson pour M. Smith, s'il vous plaît", a demandé Virginia.

Il y eut une pause, alors je me suis assis.

C'était la banque de mon entreprise, avec laquelle j'avais le prêt.

Je commençais à penser que mes trente jours allaient se terminer.

«Bonjour, Mme Buttingson, que puis-je faire pour vous? A demandé M. Smith.

"Quel est le statut du transfert de fonds?" elle a demandé sans ambages.

"Il a été terminé. Un million comme demandé, sur le compte Carrington, est maintenant disponible", a répondu Smith.

J'étais abasourdi.

C'était cinq cent mille de plus que convenu.

"Merci Brian." Virginia a raccroché le téléphone et a poursuivi: "L'accord est conclu, sans condition."

"Quoi ... non ... Je ne suis pas sûr de comprendre," bégayai-je comme un idiot.

"J'ai merdé. Je veux une autre chance." Elle était au bord des larmes. «S'il te plaît, Richy. Je ne savais pas que ça t'avait affecté comme ça. C'était juste un match. Elle voulait m'en dire plus. Je l'ai senti et je l'ai vu dans ses yeux. Elle était effrayée. "Non ... je n'ai pas dormi depuis que tu m'as quittée. J'étais tellement stupide et j'ai continué quand tu m'as demandé de ne pas le faire." Elle était incroyablement vulnérable.

«Je ne pense pas pouvoir refaire ça», dis-je honnêtement, «je vais le haïr, l'aimer et le haïr à nouveau...»

Elle m'a interrompu.

«Regardez, il y a des parties que vous avez aimées. Nous pouvons le refaire. Cela ne ressemblait pas à la femme qui me tenait à genoux en train de demander du secours.

«Je suis confuse, Virginie. Il lui chuchotait de baisser la voix. Il n'était pas sûr de ce que l'on pouvait entendre à l'extérieur de la pièce. "Il me semblait que tu aimais ça quand je souffrais."

Sa tête tomba entre ses mains puis tomba sur la table.

Elle s'est mise à sangloter.

Je fis le tour de la table et m'assis à côté de lui.

Je ne savais pas si mes bras aideraient, mais je ne pouvais pas la laisser pleurer à table.

Je la pris dans mes bras et posai sa tête sur mon épaule.

"Désolé, je ne suis tout simplement pas fait pour ce que tu veux."

"Mais tu m'aimais," sanglota-t-elle dans mon oreille.

Je m'inquiétais de son état mental.

Il ne savait pas comment il avait déduit l'amour des quelques heures que nous passions ensemble.

C'était presque toute une carrière effrénée et déchirante de ma part.

Il y a eu quelques bons arrêts aux stands, mais ils ont été de courte durée.

"Virginie". Je retirai sa tête de mon épaule et la regardai dans les yeux injectés de sang. "Je ne t'ai jamais dit que je t'aimais."

"Pas en mots. Avec tes mains. Personne ne m'a jamais touché comme ça." Elle avait un air rêveur sur son visage. "Ce massage ... et quand tu as lavé mes cheveux, j'ai pensé que ça me ferait fondre. Pourquoi ferais-tu ça si tu ne voulais pas de moi?" Elle était sérieuse maintenant.

"Vous m'avez ordonné de le faire," répondis-je.

Elle semblait confuse, comme si elle essayait de voir le sens de mes mots et ne pouvait pas ajouter deux et deux.

"Mais ... mais tu n'étais pas obligée de faire ça comme ça," dit-elle lentement. Il pouvait presque voir les roues tourner dans son esprit. "J'ai vu comment tu t'es excitée. Tu ne m'as même pas frappé et tu étais tellement ... prête."

Frappe la? Pourquoi allait-il la frapper?

C'était elle qui me frappait.

Je m'écartai un peu d'elle, faisant paniquer ses yeux.

"Virginia, je n'aime pas ceux qui frappent ou la violence. J'étais prêt à m'accrocher un peu à cause de ces gens que vous avez vus là-bas." J'ai montré la porte. "Je ne suis pas sûr du type de relation que vous recherchez, mais je ne pense pas que cela corresponde au moule."

J'essayais d'être clair.

La situation dans son ensemble était trop surréaliste.

Sa tête tomba en avant.

"Je ne voulais pas que tu partes," dit-il doucement.

«J'ai des problèmes avec ça, Virginia. Pourquoi voudrais-je rester si tu me refusais que ma douleur s'arrête?

Il me manquait des pans entiers de sa logique.

"Les garçons partent toujours quand ils ont fini." Ses larmes ont commencé à couler. «Tu es partie juste après aussi. Je ne voulais pas que tu partes.

Elle pleurait fort maintenant.

J'étais choqué.

Je la tirai contre mon épaule et la serrai.

Il lui fallut quelques minutes pour reprendre le contrôle de ses sanglots.

Mais ensuite, j'ai réalisé que j'étais dans un dilemme avec elle.

Il me fallut encore quelques instants pour la séparer doucement de moi.

La femme venait de sauver mon entreprise et probablement certaines des vies qui m'attendaient à l'extérieur de la pièce.

Elle n'avait aucune idée du genre d'hommes avec qui elle avait été auparavant.

Ils n'auraient pas pu être trop vigilants si j'étais la meilleure mesure.

Eh bien, elle me devait pour la torture et je lui devais de nous avoir tous sauvés.

«Virginie, j'aimerais t'emmener déjeuner,» lui proposai-je en lui souriant, «puis dîner et peut-être déjeuner.

Son visage s'éclaira.

Elle passa le dos de sa main sur ses yeux pour sécher ses larmes.

Cela a seulement aidé à enduire davantage le mascara.

J'ai essayé de ne pas rire en attrapant la boîte de mouchoirs sur la table.

"Tu es sûr?" demanda-t-il, puis ajouta rapidement: «Je veux dire oui, j'aimerais ça.

Je suppose qu'elle a décidé de ne pas me laisser échapper non plus.

Et je ne l'aurais pas pris.

"Bien. Maintenant, restez immobile un moment."

J'ai attrapé une écharpe et ai tendrement tenu son menton.

Je l'ai nettoyé sous ses yeux, me soulevant autant que possible.

Il portait une paire de foulards jusqu'à ce que je sois satisfait de mon travail.

Ces belles lèvres rouges souriaient à nouveau quand j'ai fini.

Je me suis puni d'avoir ignoré son état émotionnel, mais pour ma défense, ces lèvres étaient quelque chose de spécial.

"Puis-je t'embrasser?" Ai-je demandé doucement.

"Oh ouais," murmura-t-elle.

J'ai incliné la tête et ai amené mes lèvres sur les siennes.

Le souvenir du baiser de douche a fusionné avec lui dans mon esprit.

À ce moment-là, tout ce qui nous maintenait ensemble a disparu.

Il n'y avait ni entreprise, ni prêt, ni argent.

Mes lèvres sont restées car elles pouvaient ressentir son appréhension et sa joie.

Je suis resté comme ça parce que j'aimais ça.

Ma main caressa son visage et se déplaça derrière son oreille pour la pousser plus profondément.

Elle obéit avec ses lèvres entrouvertes et une langue hésitante.

J'ai trouvé la sienne avec la mienne, et quand nos langues se sont touchées, un frisson silencieux a résonné dans mon corps.

Je suis resté comme ça avec elle parce que j'aimais vraiment ça.

CHAPITRE 12

Quand nous avons finalement rompu le baiser, j'ai ressenti une perte.

Mais maintenant, il avait le désir de la baiser là.

Comment diable cette femme m'a-t-elle fait aller si vite?

"C'était très bien", a déclaré Virginia et a commencé à avancer.

Elle voulait plus que moi.

Je l'ai retenu et j'ai souri pour lui faire savoir que ce n'était pas un rejet.

"Il y a des gens dehors," dis-je en lui caressant la nuque. Elle s'appuya sur ma main et soupira. «Nous allons annoncer la bonne nouvelle à ces garçons et je vous emmènerai déjeuner,» suggérai-je.

"Et pourquoi doivent-ils savoir ça?" Elle a demandé avec un regard choqué sur son visage.

Il m'a fallu une seconde pour comprendre où son raisonnement allait.

J'ai ri un petit peu.

"Il s'agit de leur travail. Vous leur avez juste garanti leurs chèques de paie."

C'était la première fois qu'il la voyait rougir.

Ses joues correspondaient presque à la couleur de ses lèvres.

C'était adorable.

Elle se leva, embarrassée, et répara sa tenue.

"Oui. Bien sûr," dit-elle en reprenant le contrôle.

Puis elle m'a regardé avec des yeux doux.

"Est-ce que tous les baisers que vous donnez ... sont si distrayants?"

"Seuls les gentils," répondis-je.

Elle rougit encore plus clairement.

Maintenant, j'avais le contrôle et je n'avais aucune intention de refuser quoi que ce soit à qui que ce soit.

Dieu, ces lèvres étaient si belles.

Je me levai et lissai un peu mes vêtements.

"Tu es prête?" A demandé.

"Oui," répondit-elle.

Le changement sur son visage était terrifiant.

Virginia était partie et Mme Buttingson était de retour.

Elle était maintenant en mode salle de conférence.

J'ai tenu la porte pendant qu'elle sortait, la tête parfaitement au niveau alors que nous nous dirigions vers les employés toujours rassemblés.

J'ai vu Janeth s'essuyer le côté de son visage.

J'espérais vraiment qu'elle n'avait pas pleuré.

«Il semble que j'étais très prématuré avec mes déclarations précédentes», ai-je dit en accompagnant mes paroles d'un sourire, «Mme Buttingson et moi nous sommes mis d'accord sur une association qui a garanti à l'entreprise des fonds suffisants pour pouvoir endurer et nous porter au-delà de la date. lancement initial prévu "

Il y a eu beaucoup d'applaudissements et de sourires.

Les sourires avaient l'air un peu malicieux maintenant et ils m'ont fait un clin d'œil.

Le sourire de Janeth était encore plus mystérieux alors qu'elle continuait à essuyer le côté de son visage.

«Nous avons un accord à conclure et des millions à conclure», annonçai-je joyeusement.

La main de Janeth était plus frénétique même en touchant son visage.

Virginia roula des yeux en réalisant ce que Janeth essayait de dire.

J'ai regardé avec mon

'Quoi?' Dis-je en haussant les épaules.

Virginia attrapa une boîte de mouchoirs sur le bureau de Paul.

Elle a attrapé mon menton, sans jamais perdre son expression commerciale contrôlée.

L'écharpe est devenue rouge après avoir essuyé mes lèvres.

Je rougis.

"Et Richy m'emmène déjeuner", annonça Virginia.

Je ne pense pas que je me serais senti plus mal à l'aise dans ma vie.

Il y eut un peu de rire parmi ceux rassemblés jusqu'à ce que Virginia se retourne avec son regard breveté.

«Grandissez, les gens», se moqua-t-elle.

Les rires se sont transformés en rires.

Le visage de Virginia était aussi rouge que le mien.

Il a pris ma main, car il n'y avait aucune raison pour la façade, et m'a conduit à la porte.

"C'était embarrassant," murmura Virginia alors que nous mettions quelques bureaux derrière nous.

"C'était ton rouge à lèvres," je lui reprochais avec un sourire idiot.

«Maintenant, tout le monde le sait», a-t-il ajouté.

Elle a essayé de maintenir son attitude commerciale pour les yeux qui nous suivaient.

"Ils sont juste jaloux parce que j'ai un rendez-vous sexy pour le déjeuner," plaisantai-je.

"Un rendez-vous. Est-ce un rendez-vous?" demanda-t-elle avec surprise.

Je me suis demandé ce qu'elle pensait que c'était.

"Bisous, femme sexy, déjeuner. Oui, il semblerait que ce soit plus que ce qui se qualifie pour un rendez-vous", lui ai-je répondu le plus doucement possible.

Son sourire grandit, elle enroula son bras autour du mien et me tira plus près quand nous finîmes de sortir.

Elle se sentait bien à mes côtés.

J'aimais qu'elle se fichait de ce que tout le monde regardait.

La femme d'affaires avait quitté le bâtiment.

CHAPITRE 13

J'ai choisi Fugui's, une petite pâtes italienne à proximité.

Ce n'était pas la meilleure nourriture de la ville, mais parfois l'atmosphère intime était le problème dans ces endroits.

Il y avait une petite table où un grand support à colonnes bloquait le reste de la pièce.

Le plafond était bas, ce qui réduisait la réverbération et nous permettait de parler sans avoir à répéter ce qui était dit.

Et c'était convenablement privé.

"Je suis désolé pour ce matin, Richy", a déclaré Virginia après l'arrivée du vin, "Je n'ai pas l'habitude de ... Je pense que je n'ai pas l'habitude d'aimer les gens."

"Allez, tu dois avoir des amis," dis-je joyeusement.

L'expression sur son visage m'a dit que ce n'était pas la bonne chose à dire.

J'ai perdu mon sourire et j'ai posé ma main sur la sienne.

"Vous en avez un maintenant."

Cela m'a valu un faible sourire.

Je me suis levé et j'ai changé de siège, me déplaçant à ses côtés au lieu de m'asseoir en face d'elle.

«La seule chose dont je me souviens vraiment ce matin est le baiser. Tout le reste est un peu flou.

Ce petit mensonge m'a valu un vrai sourire.

«C'était vraiment sympa,» dit-elle doucement, «j'ai décidé que je n'embrassais pas assez.

Je pinçai les lèvres d'une manière obscène et me penchai en avant.

Elle rit et me tapota légèrement le bras.

"Avec les hommes, pas avec les poissons."

«Les poissons doivent aussi être aimés», ai-je plaisanté.

Le serveur est apparu avec nos salades, nous avons donc dû faire une pause dans notre conversation.

Nous avons parlé de notre entreprise en mangeant des salades.

Je m'émerveillais de la rapidité étonnante de son esprit d'entreprise.

On dirait qu'elle vient de jeter de l'argent pour sauver une entreprise sans avenir.

Mais en réalité, elle avait fait ses devoirs.

Elle connaissait le potentiel et les pièges de l'ensemble du processus.

Elle avait des connexions incroyables qui pourraient vraiment aider le lancement initial.

Au moment où j'ai poussé le saladier vide sur le côté, j'ai réalisé quelque chose.

"Si je n'avais pas accepté votre première offre, n'allez-vous plus acheter?" A demandé.

"Oui, mais je voulais vraiment te voir nue," dit-il avec son sourire diabolique.

"Et le million au lieu de la moitié?" J'ai demandé

"Vous avez vraiment besoin de travailler sur vos talents de négociateur. Je pensais que vous exigeriez plus, alors j'ai anticipé le million", at-il haussé les épaules et a continué, "et pour réussir, vous avez vraiment besoin d'une augmentation considérable du fonds de roulement pour le lancement. Sans cela, leurs ventes n'auraient pas duré une autre année, alors que les concurrents essaieraient de copier votre produit. "

"Vous m'avez joué", ai-je proclamé.

"C'est quoi faire", avoua-t-elle en tendant la main et en caressant derrière mon oreille, "tu es en colère contre moi?"

C'était la première fois qu'elle avait initié un toucher doux.

Je pouvais voir l'inquiétude dans ses yeux.

"Non, je suis en colère contre moi-même de ne pas l'avoir vu," rigolai-je, "j'étais en fait assez vaniteux pour penser que c'était à propos de moi."

"Cela maintenant, mais ce n'était pas le cas," dit Virginia avec désinvolture.

Sa franchise m'a surpris.

Je pense qu'elle avait vraiment des sentiments pour moi.

Juste au moment où je pensais avoir découvert son mouvement, elle m'a laissé voir la réalité.

«C'est pourquoi j'ai transféré l'argent tôt ce matin. Je ne voulais pas que vous pensiez que je l'avais déjà gardé pour vous.

Voulez-vous savoir comment plaire à un homme?

Il ne fait que valoriser son existence.

Voici l'homme d'affaires le plus intelligent que je connaisse, me disant que mes années de sueur en valaient la peine.

Son évaluation du potentiel de mon, non, de notre entreprise était encore plus élevée que ce que j'avais imaginé.

Exiger seulement quarante-neuf pour cent signifiait que je savais que ma vision était nécessaire pour cette évaluation.

Tout cela et je savais aussi à quoi elle avait l'air nue.

Je l'ai surprise avec un baiser passionné.

Je la sentais regarder nerveusement autour d'elle avant d'abandonner et de me laisser emporter par mon affection publique.

Nous avons été obligés de nous séparer lorsque le serveur a apporté le plat principal.

La nourriture a meilleur goût quand tout se passe comme vous le souhaitez

Virginia me souriait pendant que nous mangions.

Je ne pense pas qu'elle savait parfaitement comment elle avait caressé mon ego.

Et cela a rendu les choses encore plus sincères.

«Je vais devoir acheter un rouge à lèvres différent si tu continues à m'embrasser en public comme ça», sourit-elle.

"N'ose pas," dis-je en laissant des marques rouges sur ma serviette, "j'ai juste besoin d'acheter plus de foulards."

Il ne pouvait pas l'imaginer avec autre chose que ces lèvres rouges désirables.

J'ai vu quelque chose scintiller dans ses yeux quand j'ai défendu le rouge à lèvres.

Une pensée lui traversa l'esprit, quelque chose qui n'était pas destiné à un débat public.

Il s'est penché sur mon oreille.

«J'aimerais vraiment te ramener à la maison et tu ne refuserais pas,» murmura-t-elle avec un sourire malicieux.

Le sang a rapidement coulé dans mon corps à ses mots.

J'ai senti sa main sur mon entrejambe.

"J'adorerais voir ce que je peux faire de toi."

"Verifiez le s'il vous plaît!" J'ai dit peut-être un peu trop fort.

Mais comme je l'ai dit, ce n'était pas le meilleur restaurant de la ville.

CHAPITRE 14

J'ai conduit Virginia chez elle dans ma voiture.

Elle avait dit qu'elle pouvait s'arranger pour que le sien vienne chercher demain.

Je pense qu'elle était plus intéressée à faire en sorte que mon intérêt ne disparaisse pas.

Elle n'était pas trop agressive, juste quelques coups simples et un peu se blottir contre moi pour m'assurer que je savais qu'elle était à mes côtés.

J'ai trouvé l'attention qu'il m'accordait très attirante.

Mon intérêt n'a pas diminué.

Quand nous sommes entrés chez elle, Virginia m'a traîné directement dans sa chambre.

« Asseyez-vous », ordonna-t-il en désignant le lit.

Elle a utilisé sa voix malicieuse qui m'irritait un peu.

J'ai choisi de rester avec un visage grincheux à la place.

Elle a souri.

"Assis-toi s'il te plaît."

C'était à nouveau sa voix gentille et aimante.

Je me suis assis rapidement.

Elle a attrapé mon pied et a enlevé ma chaussure et ma chaussette.

Elle a répété avec l'autre pied.

Utilisant sa voix malveillante, il ordonna: « La ceinture ».

Elle a tendu la main en attendant que je me conforme.

J'aurais pu résister à sa voix malveillante, mais j'aimais où les choses allaient.

Je l'ai décompressé et l'ai sorti à travers les œillets.

Elle a pris la ceinture et l'a ajoutée à la pile de mes chaussures et chaussettes.

Virginia m'a poussé sur le lit pour qu'il tombe sur mon dos et a déboutonné le bouton et a dézippé le devant de mon pantalon.

«Ne dis rien», ordonna-t-elle et j'obéis.

Elle a enlevé mon pantalon avec mon boxer et les a ajoutés à la pile de plus en plus.

J'étais à moitié excité à ce stade.

Il n'était pas sûr de ce qu'il avait en tête et avait un peu peur d'essayer de revenir à ses manières détournées.

Il alla vers sa commode et attrapa un petit tube en or.

Il l'a mis entre mes jambes, a enlevé sa veste et l'a laissé tomber au sol.

Souriante, elle déboutonna son chemisier et le laissa également tomber sur le sol.

Son soutien-gorge en dentelle suivit rapidement.

Ma bite montrait un peu plus de vie en ce moment.

"J'ai l'intention de m'excuser physiquement pour mes actions ce week-end." Le visage de Virginia était un visage de regret. "J'espère que tu peux me pardonner."

Il était sur le point de dire quelque chose qui n'était pas nécessaire lorsqu'elle enleva le couvercle du tube en or et son rouge à lèvres rouge rubis apparut.

Alors que je la regardais de nouveau couvrir ses lèvres de manière experte, mon excitation était plus évidente.

Il se frotta les lèvres et me regarda.

Ses lèvres étaient rouges, plus brillantes que jamais.

"J'ai l'intention d'utiliser ma bouche," soupira-t-il.

"Oh merde," fut tout ce que je pouvais dire.

Mon érection palpitait et maintenant j'étais tendue alors que je priais silencieusement que ce ne soit pas une de ses astuces.

Elle a souri à mon érection.

«J'adorerais te faire ça,» dit-elle en tombant à genoux.

Ses lèvres à quelques centimètres de ma virilité, elle enroula sa main autour du membre.

J'ai senti le pouls de ma bite alors qu'elle passait sa langue sur le fond et la tournait autour de la couronne, sa main l'utilisant simplement comme un guide.

Quand ces lèvres entourèrent mon érection, toutes les pensées que j'avais de méfiance s'évanouirent.

Ces lèvres rubis glissantes ont créé une euphorie visuelle.

J'avais vu cela dans mon esprit et la réalité était infiniment plus agréable.

Les lèvres de Virginia se sont séparées de ma bite.

Elle pinça les lèvres et embrassa avec amour le bout.

Mes cuisses se tendaient pour ne pas bouger, pour la laisser continuer, pour durer.

Mais mes cuisses échouaient.

Ces lèvres s'enroulèrent à nouveau autour de moi, me prenant plus profondément.

Je pouvais sentir sa langue pousser et lécher.

Je voulais l'avertir, lui donner la possibilité de ralentir, mais je suis venu trop fort et trop vite.

Mes hanches se sont levées quand j'ai crié son nom.

Elle abaissa ses lèvres et suça dessus pendant qu'il éjaculait en elle.

Les pensées ont cessé alors que le plaisir traversait mon corps.

Les joues de Virginia se sont enfoncées alors qu'elle enfonçait ma bite plus profondément dans sa bouche, me laissant gérer mon plaisir sans me sentir coupable.

Elle voulait ça pour moi.

Virginia embrassa mon phallus rassasié.

Son baiser m'a donné directement sur le bout de mon membre

Elle savait ce qu'elle avait fait et sourit de ce sourire méchant et sournois.

Je pouvais voir ces problèmes de contrôle nager dans ses yeux.

Il l'a fait sans le fouet, mais il m'a eu exactement là où il voulait.

Cette fois, elle ne recevrait aucune plainte de ma part.

"Est-ce que c'était plus à votre goût?" Il a demandé, connaissant déjà la réponse.

"Oui, Maîtresse," répondis-je avec espièglerie.

J'ai adoré le rire qu'il suscitait en elle.

Il a frappé ma cuisse, remonté sa jupe et grimpé sur moi.

"Tu vas rester?" Demanda Virginia avec un sourire forcé.

Vos commentaires précédents me sont revenus.

Il ne pouvait pas croire à quel point une femme aussi forte pouvait être émotionnellement faible.

Puis j'ai réalisé le risque qu'elle croyait avoir pris.

Il y avait de la peur dans ses yeux qui entourait la peur.

J'ai retenu une jolie réponse sarcastique et suis resté fidèle à la vérité que je ressentais pour elle.

"Oui," répondis-je sincèrement, "j'espérais que tu me laisserais passer la nuit ici."

J'ai vu ses yeux larmoyants avant que ses lèvres ne suffoquent les miennes.

Je pouvais sentir son corps trembler pendant que nous nous embrassions.

Je la serrai fort dans mes bras, voulant apaiser ses craintes infondées.

Je pensais vraiment que c'était une sorte de thérapie agréable pour elle.

Pas plus.

Je l'aimais dans mes bras.

J'ai aimé qu'elle ait besoin de moi.

Elle était plus intelligente que l'enfer, mais fragile comme la fine porcelaine à l'intérieur.

J'ai même aimé le feu de contrôle qui brûlait en elle.

C'était un puzzle très sexy.

Mon énigme.

Je l'ai roulée sur le côté, ses seins contre ma poitrine.

J'ai repoussé quelques cheveux indisciplinés de ses yeux et derrière son oreille.

Elle frissonna à mon contact, ce que je trouvai égoïstement agréable.

«Je voudrais finir de te laver les cheveux,» dis-je avec désinvolture en passant ma main dans ses cheveux bruns.

Son sourire était honnête.

"J'aimerais vraiment ça aussi," murmura-t-elle.

Je pouvais voir l'émotion dans ses yeux.

Elle pensait au sexe mouillé par le jet de la douche.

Mais pour le moment, le bain de shampoing n'était qu'une excuse pour me donner le temps de récupérer.

Heureusement, elle a également trouvé la proposition agréable.

CHAPITRE 15

Virginia a essayé de m'apprendre comment fonctionnent les commandes de douche.

J'ai trouvé amusant de la toucher tendrement en essayant de me l'expliquer.

Elle s'est rendu compte que je perdais le fil de ses pensées, mais elle ne m'a jamais réprimandé ni essayé de m'arrêter.

Quand elle a abandonné joyeusement, j'étais presque aussi ignorant que lorsque nous avons commencé.

Je doutais qu'il me laisse un jour tout contrôler de toute façon.

Cette fois, j'ai bien fait.

J'avais Virginia allongée sur le dos, le long du banc chauffé, la tête dépassant mes cuisses à la fin.

La douche avait une merveilleuse pomme de douche amovible qui soufflait dans une sorte de brume douce.

J'ai doucement trempé ses cheveux en fermant les yeux.

C'était merveilleux de l'avoir sur mes genoux lorsque j'ai appliqué le shampooing.

Elle émit de merveilleux sons à moitié gémissants alors qu'elle travaillait la substance parfumée de fleurs dans ses cheveux.

"Donc, la dernière fois que nous étions ici, vous parliez d'une fille", a suggéré l'histoire.

Virginia ouvrit les yeux et me lança un regard étrange.

«Êtes-vous intéressé par Lydia maintenant? elle a demandé.

«Alors elle était réelle? Je demande pour.

Virginia essaya de s'asseoir un peu, alors je la poussai doucement et allai travailler sur la nuque.

Elle se détendit à nouveau.

"Oui. Nous possédons un restaurant très populaire ensemble," continua-t-il, "je reviendrais si je le demandais. Est-ce que c'est quelque chose que vous aimeriez?"

Cela a été une surprise et m'a frappé directement à la tête.

Je faisais juste allusion à une histoire chaude, mais c'était une offre intrigante.

C'était un fantasme que je n'aurais jamais imaginé pouvoir se réaliser.

Bien sûr, dans mes rêves, il y avait toujours de temps en temps une aventure d'un soir avec deux femmes qui, je pensais, ne reverraient jamais la réalité.

Je ne sais pas si je me sentirais très à l'aise d'avoir une orgie avec des gens que je connais.

"Je ne pense pas que je veuille te partager avec qui que ce soit," dis-je prudemment, "me considérerais-tu comme un hypocrite si je voulais savoir?"

Il avait l'air stupide quand il est sorti, mais je pense qu'il a compris.

"Voulez-vous savoir pour elle ou juste pour les parties sales?" Elle souriait alors que je massais ses trésors.

"Seulement les parties sales." J'ai rendu le sourire.

Cela m'a fait rire, suivi d'une histoire très sale.

Je me suis amusé à lire érotique.

Mais ce n'était rien comparé à mon excitation quand j'ai entendu Virginia, sans réserve, décrire son escapade sous la douche avec Lydia.

Elle n'a rien laissé sans description et je me suis retrouvé à respirer fortement en me rinçant les cheveux.

Je suis à peu près sûr que certaines parties ont été embellies, mais je les ai acceptées comme des faits.

J'étais, encore une fois, l'homme d'acier.

«Regarde ce que mon histoire t'a fait,» se vanta Virginia.

Elle caressait doucement mon érection.

Elle se leva avec une idée dans les yeux.

"Reste comme ça", ordonna-t-il et il saisit une série de commandes dans le panneau de contrôle.

Attendre.

Il commençait à apprécier qu'elle soit autoritaire, du moins quand il n'y avait ni déni ni douleur à la fin.

`` Plus qu'une sensation " résonnait dans les haut-parleurs alors que la grande pomme de douche centrale se déplaçait pour me couvrir doucement d'eau chaude.

Elle est revenue devant moi, bloquant une bonne partie de la rosée.

"Mais il est temps pour une nouvelle histoire."

Sa voix était basse et séduisante.

Cette voix a tout promis.

Virginia, devant moi, a mis un genou de chaque côté de moi et a baissé ses hanches vers les miennes.

J'ai déplacé mes fesses vers le bord du banc pour faciliter les choses.

Elle s'est positionnée entre mes jambes et a guidé ma bite dans son ouverture.

De l'eau coulait sur ses épaules et sur ma poitrine alors qu'elle s'appuyait contre moi.

Il a relâché ma bite et gémit en terminant sa descente.

J'ai fait écho à son son.

Virginia a lacé ses doigts derrière mon cou et a porté ses lèvres à mon oreille.

"Cela fait longtemps que je n'ai pas laissé un homme entrer en moi," murmura-t-elle bruyamment.

Dieu aide-moi, j'aimais beaucoup ça.

«C'est paradisiaque», dis-je, avant de me lancer.

Il est sorti de ma bouche sans penser: «Maîtresse».

Cette fois, il ne l'avait pas dit d'un ton plaisantant comme il l'avait déjà dit.

Cette fois, c'était sincère.

Son bassin s'est arrêté et elle m'a regardé dans les yeux.

J'ai vu la peur dans la sienne.

"Je ne veux pas te perdre," s'inquiétait-il.

Je n'avais aucune idée d'où cela allait.

Je savais juste que je me sentais bien.

Très bien.

Et il voulait qu'elle se sente bien aussi.

Je voulais me sentir bien avec elle.

"Alors laissez-moi venir," dis-je avec un sourire diabolique et ajoutai, "Maîtresse."

Ses yeux s'illuminèrent et son sourire devint lascif alors que les conséquences de ce que je lui disais l'échauffaient.

Elle allait me plaire.

Elle allait nous plaire.

Je sentis ses mains attraper mes cheveux et tirer ma tête en arrière alors que sa chatte se soulevait et tombait autour de ma bite.

Ses lèvres se fermèrent de force sur les miennes alors qu'il me prenait.

Les yeux de Virginia brûlaient de désir.

Cela a nourri le mien, même si je n'étais pas en mesure d'aider beaucoup.

La prise sur mes cheveux se resserrait et se resserrait.

Je n'avais aucune idée de pourquoi j'aimais ça ou pourquoi elle aimait le faire.

Je savais juste que nous l'avons fait.

Elle a rompu son baiser violent et a attiré mon oreille contre ses lèvres.

«Nous allons nous réunir», déclara-t-il avec intensité, «ensemble, vous comprenez?

J'ai senti ma bite venir avec ta question.

Il n'était pas sûr de pouvoir attendre plus longtemps.

«Je vais essayer, Maîtresse,» bégayai-je alors que l'incroyable chaîne chaude de Virginia m'étouffait de plaisir.

Il savait qu'elle pouvait sentir qu'il était prêt à exploser.

Peut-être que la sale histoire n'était pas une bonne idée.

C'était un peu plus chaud qu'elle.

"Ce n'est pas une option", a-t-il dit.

Ses hanches se sont arrêtées dans la course descendante et elle a commencé à me frotter le bassin.

J'ai senti ma bite toucher de nouveaux endroits en elle.

J'étais au bord de l'extase.

Si nous n'étions pas bombardés d'eau, la sueur aurait recouvert tout mon corps.

Ma respiration était difficile.

Je sentis son bassin se branler involontairement et sa main se resserra sur mes cheveux.

À la deuxième secousse, elle a crié, "MAINTENANT!"

Laisse moi partir.

L'intensité, combinée à la douleur, était incroyable.

Virginia s'accrocha à mes cheveux alors que des vagues de plaisir se propageaient dans son corps.

Chaque secousse de ses hanches forçait une autre vague de lait à lui être jetée.

Nous étions à l'unisson parfait, douloureux, heureux.

Virginia lâcha mes cheveux et s'effondra presque sur le sol.

Je l'ai attrapée à temps et l'ai tirée dans mes bras, ma bite toujours enfouie au fond d'elle.

Je n'avais aucune idée d'où venait son désir de me contrôler.

Je savais juste que j'adorais ça.

Dans une étrange juxtaposition, je l'ai attrapée par les cheveux et j'ai pris un baiser de ses lèvres.

"C'était fantastique!" Dis-je fermement.

Ses yeux endormis regardaient les miens.

"Oui, c'était merveilleux," dit-elle, puis elle sourit, "Maître".

Elle s'est effondrée dans mes bras et je l'ai tenue sous la pluie épaisse et chaude.

CHAPITRE 16

Le dîner était une petite affaire intime.

Nous étions tous les deux blottis sur le canapé avec de la nourriture chinoise à laquelle nous avions ordonné d'aller.

Nous étions couverts d'une couverture en peluche rose assortie.

Virginia s'adapte beaucoup mieux que moi à ce style.

Le rose n'est pas ma couleur préférée.

Nous regardions un film de John Wayne, l'un de ses premiers en couleur, je pense.

Même s'il s'agissait essentiellement d'un bruit de fond pendant que nous mangions, nous avons parlé et ri.

Virginia a ouvert une bouteille de vin et nous avons discuté un peu plus.

Nous n'avons pas dit un mot sur la société ou le sexe.

Il s'agissait simplement d'apprendre à se connaître.

J'ai adoré et étonné qu'il puisse l'avoir juste pour moi.

Il avait franchi avec elle des frontières sexuelles très étranges.

Maintenant, il en savait plus sur moi que quiconque dans le monde.

Je pense que je suis le seul à connaître son intérieur en porcelaine fine.

***

L'heure du coucher a apporté plus.

Plus d'entre nous.

Il l'attendait au lit.

Il avait des plans, des plans tendres.

Je voulais m'endormir avec des souvenirs de sa douceur, de son abandon à mon lent amour.

Elle quitta nerveusement la salle de bain.

Je pense qu'il a failli rentrer à l'intérieur, mais a ensuite décidé de venir de mon côté du lit.

J'ai tendu la main, me demandant d'où venait sa peur.

Quand elle a laissé tomber sa robe, j'ai vu sa peur.

Au-dessus de sa poitrine gauche, au-dessus de son cœur, il avait écrit «Richy's» en rouge à lèvres rubis.

Ce qui est sorti de moi était la vérité.

"Je t'aime aussi," approuvai-je.

Je pense qu'elle retenait son souffle jusqu'à ce point.

Elle est tombée dans mes bras et je l'ai tirée vers moi.

J'étais la colle pour ta porcelaine fine.

***

Virginia, au début, était bien meilleure que n'importe quel réveil.

Les rires et la morsure dans mon oreille étaient une merveilleuse façon de se réveiller.

Il n'y avait tout simplement pas de bouton de répétition en cinq minutes dessus.

C'était une personne du matin.

Je suis un type de personne qui se réveille lentement.

Habituellement, il faut trois ou quatre pressions sur le bouton de répétition avant d'abandonner et de me lever.

Virginia était déjà baignée et habillée et les premiers rayons du soleil n'étaient même pas venus par la fenêtre.

Je me suis retourné et me suis éloigné de sa belle agression.

Peut-être qu'elle me donnerait encore dix minutes.

Les couvertures et les draps ont soudainement disparu du lit.

Ma chaleur a disparu et je me suis recroquevillé.

J'ai entendu le bourdonnement avant que la démangeaison ne touche mes fesses.

Je me suis levé pour me protéger et je l'ai vue, innocente et souriante, les mains derrière le dos.

«Vous m'avez frappé», l'accusai-je.

Il recula, ses belles lèvres rouges souriantes.

Je me suis levé et j'ai fait un pas menaçant en avant.

J'avais l'intention de tester le fouet sur ses fesses pour voir comment elle l'aimait.

"Tu as une entreprise à diriger, Amant," dit-il en faisant un autre pas en arrière.

J'ai regardé l'horloge et je me suis souvenu où elle se trouvait.

Il allait probablement être en retard.

La vengeance devrait attendre.

"Merde," admis-je et je me dirigeai rapidement vers la douche.

Ça sentait la Virginie.

J'aurais aimé pouvoir rouler avec elle, mais être en retard et sentir le sexe ne me paraissait pas une bonne idée.

Maintenant, j'ai réalisé que je ne savais pas comment ça fonctionnait.

J'essayais quelques boutons, mais je ne pouvais pas sortir l'eau de la douche.

Trente secondes plus tard, j'ai dû ravaler ma fierté.

"Comment allumez-vous cette fichue chose?"

J'ai crié.

Son rire était à la fois ennuyeux et merveilleux.

CHAPITRE 17

«Je veux vous inviter à dîner ce soir,» dit Virginia depuis le siège passager.

Elle avait décidé de revenir vers moi pour sa voiture.

"Et je veux voir où tu habites."

La femme d'affaires était de retour.

Vous mettez cette fille dans une jupe crayon et une veste et soudain, elle pense qu'elle peut gouverner le monde.

Il la connaissait déjà assez bien pour comprendre qu'il demandait réellement, pas exigeant.

«Ma maison est une porcherie par rapport à la vôtre», lui ai-je prévenu.

J'essayais de me souvenir à quel point c'était sale.

Je ne me souviens plus de la dernière fois que j'ai fait un bon nettoyage.

"D'accord. J'ai l'intention d'être très sale là-bas," dit-elle, puis sourit.

Mon esprit s'est redressé et j'ai senti une partie de la chaleur de la nuit avant mon retour.

«Mme Buttingson, marquez-vous votre territoire? J'ai plaisanté.

Mais elle a vraiment pris cela au sérieux.

"Oui, je pense que je le fais," répondit-elle.

Son sourire rubis était délicieux.

"Dans ce cas, j'accepte votre invitation à dîner."

J'ai adoré l'idée qu'elle me réclame.

Normalement, je me sentirais dépassé.

Mais avec Virginia, il savait que c'était juste son besoin de contrôler, mais il comprenait que c'était plus fragile qu'il ne le disait.

Ou peut-être qu'il voulait juste me fesser de plus d'une façon.

***

Janeth me fit un étrange sourire en passant devant son bureau.

Il s'est levé, m'a suivi jusqu'à ma cabine et a souri quand je me suis retourné pour voir ce qu'il voulait.

« Avez-vous passé un bon moment la nuit dernière, M. Carrington? Elle a demandé avec des yeux connaisseurs.

J'étais un peu gêné par la question. Étais-je si transparent?

"Je ne suis pas sûr de savoir ce que tu veux dire," dis-je innocemment.

Je me tournai vers un morceau de papier à mon bureau en espérant qu'il laisserait passer la conversation gênante.

"Puis-je?" »Il a demandé, tenant un mouchoir qu'il avait apporté avec lui.

Je suis sûr que j'ai rougi en hochant la tête.

Elle agrippa mon menton comme une mère inquiète et essuya le rouge à lèvres de ma joue.

Je devais vraiment me procurer de toute urgence des écharpes.

« Mêmes vêtements et mal rasé », sourit-il en relâchant mon menton. "Je ne pense pas être rentré chez moi hier soir."

« Toutes les femmes sont-elles si observatrices? Ai-je demandé dans mon air amical.

"Seulement ceux qui se soucient de vous, M. Carrington," répondit-elle avec un clin d'œil.

Il se retourna et retourna à son bureau.

S'il y avait une raison de faire fonctionner cette entreprise, c'était là.

Il avait besoin de la voir avec de l'argent en poche et pas du tout inquiet si l'un de ses fils était accepté à Harvard.

J'ai passé le reste de la journée à travailler dur.

Maintenant que je n'avais plus à me soucier du capital, j'étais en fait très productif ce jour-là.

J'ai commencé à mettre en œuvre les idées dont Virginia et moi avions parlé.

La plupart me semblaient évidentes maintenant qu'elles étaient dans mon esprit depuis un jour.

Elle avait vraiment une tête idéale pour les affaires.

Je me suis promené dans le bureau et j'ai parlé à tout le monde, les assurant de notre stabilité.

J'avais plus que quelques regards souriants qui me faisaient savoir qu'ils me faisaient confiance.

J'ai donné le feu vert à Ralph pour engager un assistant.

Je pensais que l'homme allait me serrer dans ses bras.

Je l'ai fait pour accélérer les choses et pour la sécurité au cas où quelque chose arriverait à Ralph.

Il pensait qu'il le faisait pour réduire sa charge de travail écrasante.

Étant égoïste, je lui ai laissé penser que sa version était correcte.

* * *

Janeth a raccroché le téléphone à la fin de l'après-midi.

Elle a apporté une note à mon bureau avec un autre de ses sourires étranges.

"Elle est un peu autoritaire, mais je ne pense pas que tu t'en soucies, n'est-ce pas?" Dit-il en me tendant le mot.

La note contenait le nom d'un restaurant, «The Meet», une adresse et sept heures.

Comment Janeth a-t-elle découvert la Virginie si rapidement?

"Avez-vous trouvé cela à partir d'une réservation pour le dîner?" Demandez incrédule

"Nous parlons pendant plus de trente minutes." Janeth réprima un petit rire. "Je ne peux pas raccrocher à un partenaire. De toute façon, j'aime ça." J'ai souri à l'évaluation de Janeth.

«J'aime ça aussi», ai-je convenu, «vous ne partagez pas d'histoires sur moi, n'est-ce pas?

J'étais sûr que Virginia garderait nos accords privés.

J'avais peur que mes défauts de caractère soient la source de plaisir partagé.

Je ne voulais pas me promener dans le bureau en alerte toute la journée.

"Je pense qu'il m'a demandé d'être un espion." Janeth semblait contente. "Restez à l'écoute pour toute compétition et rapport. Elle vous aime vraiment."

Je rougissais

« Toutes les femmes sont-elles si intrigantes ? A demandé.

"Seulement ceux qui se soucient de vous, M. Carrington," répondit-elle avec un clin d'œil. « Je vous suggère de partir tôt et de faire le ménage. La chemise noire que vous portiez il y a une semaine semble très bien pour l'occasion.

Je me demandais si c'était Janeth ou Virginia qui parlait.

« Janeth ? Ai-je demandé d'un ton faux sinistre.

« Oui, M. Carrington ? Elle a demandé en souriant.

Je n'ai rien pu déduire de son regard.

"Appelez-moi Richy," dis-je fermement.

Cela aussi pourrait faciliter nos conversations.

Même si je pensais que la chemise noire me faisait paraître idiote.

"Merci, Richy," sourit-il en se dirigeant vers son bureau en souriant.

Secrétaire, spécialiste de l'espionnage et de la mode.

J'étais entre de bonnes mains.

CHAPITRE 18

Je suis arrivé juste à temps lorsque je suis entré dans «The Meet».

Je ne pensais pas que j'y arriverais.

Le stationnement avait été plus difficile qu'il ne l'avait supposé.

Le restaurant se trouvait dans un ancien quartier de la ville qui a été construit avant que la voiture ne prenne le contrôle du pays.

J'ai fini par attendre le tour pour le service de voiturier.

Comme prévu, Virginia attendait à table.

Son sourire était sincère et très bienvenu.

C'était un endroit public, alors je me suis contenté d'embrasser sa joue.

"Vous avez l'air bien," dit Virginia.

Je me suis puni de ne pas avoir dit quelque chose en premier.

"Merci. Il semble que j'ai un nouveau consultant en mode au travail," dis-je d'un air conspirateur.

"J'aime vraiment Janeth," sourit Virginia, "très organisée et semble bien te connaître."

"Et bien, tu peux être heureuse de savoir qu'elle t'approuve aussi." J'ai souri "Je commence à penser que je suis manipulé."

«Tous les hommes sont traités, chérie. Les yeux de Virginia pétillaient. "Certains plus que d'autres."

Sa main trouva ma cuisse sous la table, un peu plus haute que politiquement correcte.

Elle retira sa main après une tendre pression qui promettait des choses intéressantes plus tard.

"Ai-je mentionné à quel point vous êtes belle?" Je la trouvai serrée un peu plus excitante que je ne l'avais calculé, «J'adorerais te ramener à la maison maintenant et engloutir ces lèvres rouges.

Je l'ai fait rougir, en public.

Sa main revint, et plus haut jusqu'à mon entrejambe.

Elle l'a enlevé quand elle a senti mon excitation.

"Oh, j'adore que je puisse te faire ça." Et puis la femme d'affaires est apparue. «Dîner d'abord, puis dessert», ordonna-t-il fermement.

Je pourrais attendre si je le devais.

Soudainement, son expression a changé et il a rapidement placé la paume de sa main contre ma joue, "À moins que ce soit urgent, je veux dire ... je ne veux pas ... tu sais, ça fait mal."

Son inquiétude était évidente.

J'ai vu leur appréhension, leur peur confirmée par notre premier jour ensemble.

J'ai oublié le public.

J'approchai ces lèvres rubis des miennes et m'assurai qu'elle savait qu'il n'y avait aucun risque ici.

Elle s'est fondue en moi.

Il pouvait sentir son soulagement et son contrôle revenir.

«Le dîner d'abord, puis le dessert», murmurai-je en rompant le baiser.

J'ai adoré le regard dans ses yeux.

Ce regard «je t'ai».

Je savais que ce serait une nuit inoubliable.

***

J'ai été soudainement surpris qu'une femme regarde notre démonstration d'affection.

Une blonde mature assez bien habillée debout sur le bord de la table, la bouche ouverte et la confusion dans les yeux.

Elle n'était pas habillée en serveuse.

Virginia rit et attrapa rapidement une serviette pour essuyer le rouge à lèvres de mes lèvres.

Cela semblait surprendre encore plus la femme.

"Richy, c'est Lydia. Mon partenaire dans ce merveilleux bis à bis dont je t'ai parlé", dit Virginia avec un sourire tordu de "Règle le monde". «Lydia, voici Richy.

Je pense qu'elle voulait ajouter autre chose à la fin de sa présentation.

Mais elle y réfléchit mieux et termina la phrase comme ça.

Mon esprit n'arrêtait pas de cligner des yeux aux visions de Lydia entre les jambes de Virginia.

Un rival me dérangeait.

«Salut Lydia,» dis-je, sans me lever de mon siège.

Elle était assez choquée pour ne pas voir le combat acharné qu'elle menait.

"Ravi de vous rencontrer, Richy." Lydia l'a presque fait sonner comme une question. «Virginia, tu ne m'as pas dit que tu avais un invité.

La surprise de Lydia commença à s'évaporer et fut remplacée par un sourire sincère.

Elle a continué à regarder entre Virginia et moi, essayant visiblement de comprendre.

Virginia ignora son commentaire.

"Richy, attends de goûter la nourriture de cette femme," insista Virginia, fière de sa voix, "ça te mettra l'eau à la bouche. Le meilleur investissement que j'aie jamais fait."

La déclaration semblait remettre Lydia en mode choc.

Elle ne semblait pas habituée à voir Virginie louangée.

C'était donc la restauration des deux.

"Je suis impatient d'y être."

J'ai essayé de ne pas bouger visiblement dans mon siège.

Mon pantalon était soudainement inconfortable.

Virginie allait payer cher pour cela.

J'ai promis de profiter de chaque instant de ma vengeance.

Je me suis demandé si Virginia avait exagéré la longueur de la langue de Lydia.

"Je vais trouver le serveur à cette table." Le calme de Lydia revint, avec son sourire accueillant. "Et pour voir si je peux accélérer un peu la cuisine."

"Merci, Lydia," dit Virginia, semblant presque la renvoyer.

Lydia partit à la recherche du serveur.

«C'était particulièrement mauvais», ai-je déclaré.

"Je pensais que vous pourriez avoir besoin d'un certain contexte. Une histoire sans contexte est, eh bien, juste une histoire," expliqua Virginia.

«Tu réalises ce que je vais te faire quand nous serons seuls...» Je le menaçai.

"Je compte là-dessus," réfléchit Virginia, "j'ai décidé que je voulais être violée ce soir. Bien sûr, si c'est trop pour vous à supporter, je pourrais vous emmener dans l'arrière-boutique tout de suite."

Elle était absolument sérieuse.

Je suppose que ce truc de déni et de douleur allait nous peser pendant un moment.

Tant que je savais que la fin était en vue, mes impulsions pouvaient être étouffées.

"Oh non. Cela prendra du temps à planifier," plaisantai-je, "l'arrachage est un art, pas une science."

Je pense que je l'ai vue se tortiller un peu.

Peut-être que je n'étais pas le seul à avoir une pensée honteuse.

***

Le dîner était aussi bon que Virginia l'avait décrit.

J'ai eu le mérou frais rôti le plus savoureux que j'ai jamais goûté sur un lit de chou vert.

Il a pratiquement fondu dans ma bouche.

Lydia a envoyé le vin parfait à table pour accompagner notre repas et compléter l'occasion.

Virginia et moi parlons, rions et nous nous amusons.

J'aimais sortir avec cette femme.

Juste avant la fin du repas, Virginia s'excusa pour aller aux toilettes.

Il n'était parti que quelques secondes lorsque Lydia se glissa rapidement dans le siège de Virginia.

«Qu'est-ce que tu lui as fait? demanda-t-elle avec un sourire radieux.

"Pardon?" Il savait ce qu'il voulait dire, mais ne savait pas trop comment réagir.

J'ai bloqué

"Je ne l'ai jamais vue aussi heureuse", admit Lydia, "maintenant que j'y pense, je ne l'ai jamais vue montrer autre chose que" être une salope "en public."

Je suppose qu'elle pensait que je comprendrais son commentaire.

Qu'il ne prendrait pas cela comme une insulte à Virginia.

Je l'ai entendu.

J'ai décidé de dire la vérité.

"Je suppose que c'est parce que je l'aime," dis-je avec un visage sérieux.

Le visage de Lydia s'illumina.

"Mon Dieu, je pense qu'elle t'aime aussi", dit-il. «Je ne pensais pas que quiconque passerait sous cette coquille. S'il vous plaît, ne lui brisez pas le cœur. Par exemple, je ne voudrais pas être là si cela arrivait.

Je n'ai pas pu contenir mon rire.

Une image me vint d'une Virginie en colère errant dans le monde, et des vagues de gens ressentirent sa fureur en passant.

"Qu'est-ce qui est si drôle?" Virginia se tenait derrière nous, les mains sur les hanches.

Lydia grimaça.

Je souris et rejetai la tête en arrière.

"Je parle juste de toi, mon amour," dis-je tendrement.

J'ai vu la grimace de Virginie disparaître.

Il m'embrassa à l'envers et s'assit sur une chaise vide.

Lydia semblait ne plus vouloir être là.

«Puis-je savoir ce qui a été dit? Virginia consulta son expression «Je-suis-la-meilleure-réponse».

Lydia ne savait que dire.

Mais dire la vérité un peu changé était la clé, avec toutes les bonnes parties mais quelques légères omissions.

«J'ai dit à Lydia que je t'aimais. Elle m'a dit que tu ferais mieux de ne pas te briser le cœur. J'apprécie vraiment quand j'ai raison.

Une Virginie aux yeux mouillés serra Lydia dans ses bras comme s'ils étaient des amis perdus.

La confusion de Lydia était pour le moins amusante.

Leur relation n'avait jamais été au-delà du sexe.

D'après ce que j'ai pu voir, aucune des relations passées de Virginia ne signifiait rien pour elle.

Jusqu'à moi, ils étaient tous un moyen pour une fin et rien de plus.

"Cela ne signifie pas que vous pouvez perdre vos ventes ce trimestre", a déclaré Virginia en larmes en s'essuyant les yeux.

Lydia sourit lorsque la Business Lady la plus familière apparut.

"Je ne rêverais pas de vous décevoir, Madame ... Buttingson."

Lydia se reprit et perdit son sourire.

Ses yeux se tournèrent vers moi puis s'éloignèrent avec culpabilité.

Pour lui, j'ai fait semblant de ne pas l'avoir remarqué.

Heureusement, Virginia a fait de même.

"Je suis très heureux pour vous deux." Lydia récupéra rapidement et se leva. "Je dois m'occuper des autres clients, alors profitez du reste de la soirée."

Nous nous sommes dit au revoir gracieusement en partant, vérifiant les tables en cours de route.

Quand elle était hors de portée de voix, je me suis dirigé vers la Virginie.

"Votre histoire m'a laissé l'impression qu'elle ressemblait plus à une petite amie," dis-je avec une étincelle dans les yeux.

"Je pensais que tu aimerais plus ça comme ça," dit Virginia, son sourire diabolique à nouveau.

Il se pencha contre mon oreille et murmura:

"Je ne pensais pas que tu voulais entendre parler des rayures que j'avais marquées sur ses fesses ou combien il avait appris à en profiter."

J'ai senti un frisson me traverser.

"Vraiment?" J'ai bégayé.

De nouvelles visions sont apparues derrière mes yeux.

"La fille est délicieusement en désordre quand elle jouit," murmura Virginia, tout en me chatouillant l'oreille, "la voir flétrir et couvrir les draps était si belle."

La vie avec Virginia ne serait jamais ennuyeuse.

Ma bite adorait sa voix.

«Je vais vous ramener à la maison maintenant,» l'informai-je.

Cela aurait pu être une promenade embarrassante jusqu'à la voiture, mais attendre n'était plus très souhaitable.

"Je pensais que tu ne le demanderais jamais," murmura-t-elle.

"Je ne l'ai pas fait," dis-je avec un faux courage.

Virginia a ri et m'a laissé penser que j'étais en charge.

CHAPITRE 19

Cette nuit-là et les nuits et jours suivants ont été les meilleurs de ma vie.

Nous avons appris les limites de chacun et les avons ensuite élargies.

Pour moi, c'était un tout nouveau monde.

Pour elle, c'était un univers complètement nouveau.

J'ai vu ses lèvres rouges dans mes rêves.

C'étaient de bons rêves.

J'étais toujours surpris quand ces rubis me réveillaient le matin.

Et l'entreprise était sur la même voie rapide que mon cœur.

Mon équipe était sur une lancée.

Tout ce que nous avons fait sentait la rose.

Nous voyions tous des signes dollar dans nos rêves.

* * *

Le vendredi soir a été mon premier calme au paradis.

Virginia avait déjà eu un engagement.

En fait, je me sentais bien à ce sujet.

Je ne savais pas si nous pouvions suivre le rythme que nous maintenions plus longtemps.

Cela, en plus, disait que samedi serait tout à moi.

J'ai pensé que je pourrais le prêter au reste du monde pour une nuit.

J'ai donc passé vendredi soir à laver et nettoyer mon appartement.

J'ai dû rire de l'ironie.

Ici, il était dans une relation engagée, mais il était seul vendredi soir.

Mon pauvre pénis pourrait profiter du reste de toute façon.

CHAPITRE 20

Je me suis arrêté à la maison de Virginie samedi matin.

Inutile de dire qu'il était de très bonne humeur.

Nous avions prévu de faire une promenade dans le zoo et de sortir pour le déjeuner ou le dîner, selon la première éventualité.

Et les rencontres sexuelles non planifiées seraient un fait.

Même si je commençais à penser que la Virginie avait en fait planifié la plupart d'entre eux.

J'ai accepté l'illusion parce qu'elle me convenait.

Mais ma vie a été brisée lorsque j'ai ouvert la porte.

Virginia était nue et agenouillée sur le marbre froid au centre du hall d'entrée.

Ses mains étaient derrière son dos et du sang coulait de sa bouche.

Il répétait «Je suis désolé» comme un mantra alors qu'il regardait dans le vide.

Je me figeai une seconde, pensant que c'était peut-être une sorte de truc.

Je suis sorti de la transe et j'ai couru vers elle, l'appelant par son nom.

Il avait des bleus partout et ses yeux ne me voyaient pas.

Je l'ai tirée vers moi pour tenter de me reconnaître.

Elle hyperventilait son mantra et ne savait même pas que j'étais là.

Mon cœur s'est brisé.

Quelqu'un avait brisé mon ange en porcelaine.

Je l'ai tenu pendant que je sortais le téléphone de ma poche.

Mais deux mains fortes ont saisi ma chemise, m'ont soulevé et m'ont jeté contre le mur.

Le bas de mon dos heurta les carreaux, paralysant momentanément ma colonne vertébrale.

Mon téléphone a volé.

A travers les étoiles qui apparaissaient dans ma tête, j'ai vu une sorte de montagne d'homme se diriger vers moi.

Je me suis forcé à me relever, essayant de former une sorte de défense.

Plus vite que je ne pouvais réagir, une grande main s'est enroulée autour de mon cou et m'a plaquée contre le mur et a commencé à me soulever.

L'autre main a frappé mon ventre.

J'étouffais dans mon propre vomi.

«Alors tu es le fils de pute qui a rempli la tête de ma sœur de merde,» grogna-t-il.

Ses yeux ne laissaient aucune place à la miséricorde.

J'ai eu du mal à tirer son bras, à diminuer la tension dans mon cou.

"Elle est à moi, petit insecte. Elle l'a toujours été."

Sa déclaration a été suivie d'un autre coup de poing.

Je ne pouvais pas respirer assez pour crier.

La survie fait des choses étranges à l'esprit.

Cela rappelle des choses auxquelles vous n'aviez pas pensé depuis des années.

J'ai eu un cours d'autodéfense une fois, quatre heures complètes dans l'armée.

C'était juste avant que notre unité ne soit déployée en Afghanistan pour une courte période.

"Les Américains ne se battent pas équitablement", a déclaré le sergent. "Nous utilisons la technologie et la logistique pour tuer nos adversaires avant qu'ils ne sachent qu'ils se battent. Mais comme toujours, les choses se compliquent et vous pouvez vous retrouver. dans un combat loyal. Les talibans n'ont ni la puissance de notre technologie ni de nos armes. Ils s'entraînent au corps à corps. Je n'ai que quatre heures pour leur apprendre à survivre à un combat loyal. Malheureusement, cela prendrait des années, alors je vais apprenez à tricher. " Je pouvais encore entendre sa voix rauque. "Ils vont utiliser tout ce qu'ils trouveront comme arme. Son casque, suspendu à sa jugulaire, est une merveilleuse masse. Suffisamment solide pour se casser des os. Son équipe a suspendu une cantine pleine d'eau. Mais peu importe. n'essayez pas de menacer ces gars avec vos poings. Ils seront surclassés. Alors vous feriez mieux de les frapper à mort avec la crosse de votre fusil. N'importe quoi pour les garder à bout de bras. les yeux et les oreilles. Baise-les et ils te laisseront partir. Et les oreilles sortiront comme des pelures de banane; elles te laisseront partir. "

Tout le reste avait échoué.

J'étais en train de mourir lentement.

J'ai relâché son bras, me suis enfoncé plus profondément dans l'étranglement, puis j'ai attrapé ses oreilles.

Son cri était plus fort que ce à quoi je m'attendais quand je tirai de toutes mes forces.

Le sergent avait raison: il m'a libéré.

J'ai laissé tomber sa viande, j'ai attrapé la lampe dans le salon et l'ai tournée.

Le son était dégoûtant lorsque la base de la lampe s'enfonça sur le côté de son visage.

Il tomba à genoux et s'effondra au sol.

Soudain, il n'y eut que le silence, à l'exception du mantra de Virginie.

J'ai laissé tomber la lampe, puis j'ai pris mon petit déjeuner.

J'ai rampé, haletant, vers mon téléphone.

Tout était mort.

Tous mes rêves, du moins ceux qui comptaient, avaient disparu.

J'ai composé le 911 et j'ai rampé vers mon amour brisé.

Elle ne pouvait pas me voir ni m'entendre.

Tout ce qu'elle était s'était effondré.

Je l'ai gardée comme ça jusqu'à ce qu'ils m'éloignent d'elle, son mantra résonnant toujours.

Et je me suis cassé alors.

CHAPITRE 21

Les mois qui suivirent furent un aperçu de l'enfer.

Les tabloïds ont découvert l'histoire et la presse grand public a emboîté le pas.

Des histoires sales ont nourri les journaux.

La richesse, l'inceste, le viol, les coups et la Virginie n'ont rien perdu.

Elle était ce que son frère avait créé.

Juste une coquille amère forgée à travers des années de tourment.

Je pourrais le trouver à l'intérieur de la coquille, mais un matin, je l'ai perdu.

Le monde était noir pour moi; Il n'y avait pas de couleur.

Je me suis entièrement consacré à l'entreprise.

Je deviendrais un chef dictatorial né de la haine qui n'avait nulle part où aller.

Je voulais et j'avais besoin que les autres ressentent ma douleur.

Je suis parti tôt un matin, après avoir fait pleurer Janeth.

J'ai marché dans les rues et j'ai trouvé peu de soulagement pour ma détresse.

L'employé et l'artiste ont essayé de m'en dissuader.

Ils avaient entendu les histoires et reconnu mon visage.

Mais l'argent a acheté la douleur.

Sa cupidité annulait la raison.

Profitez-en.

C'était ma `` cravache " par choix.

***

Je suis revenu cet après-midi à moitié moi-même.

Je me suis excusé, à travers mes larmes, auprès de Janeth.

Et j'ai présenté des excuses plus embarrassantes aux autres.

Tout le monde a compris, mais ne comprendrait jamais complètement.

Je suis revenu pour plus de douleur le lendemain.

J'ai adoré la sensation d'être sculpté.

Cela m'a permis de me souvenir d'elle et d'oublier ce que j'ai vu ce samedi matin.

J'ai raté ma chienne.

* * *

Ils n'ont laissé personne la voir pendant ce premier mois.

J'ai été écrasé lorsqu'elle a refusé de me voir ensuite.

J'ai ajouté plus de douleur à ma journée.

Cela n'allait pas suffire.

C'est Lydia qui m'a trouvée, ivre et sur le toit de mon immeuble.

Il n'allait pas sauter, bien que tomber était une autre possibilité.

Elle, la seule personne qui savait la moitié de ce qui m'arrivait, me serra dans ses bras.

"Personne ne savait, Richy," dit mon être ivre.

"Il l'a cassé parce que je n'étais pas là!" J'ai crié.

Mais je ne bougeai pas de son étreinte.

Cela m'a rappelé la Virginie.

"Donnez-lui juste du temps. Notre Virginie reviendra et nous enverra dans peu de temps," raisonna-t-il et me serra plus fort dans ses bras.

Je ne pouvais pas m'empêcher de rire de ça.

Ce premier jour avec Virginia avait été une malédiction.

Mais je changerais tous les jours, à partir de maintenant, pour vivre à nouveau cette malédiction.

Au moins Lydia l'avait compris.

* * *

Nous avons passé l'après-midi à échanger des histoires sur la Virginie.

À sa manière, Lydia aimait la Virginie.

Virginia a conduit à «The Meet» un grand succès et a révélé à Lydia des parties d'elle qui étaient restées cachées.

Virginia avait toujours craint un contact incontrôlé.

Lydia avait été trop tôt une fois et avait été affectée par la colère de Virginia.

C'est mon massage, celui que j'ai copié du bateau de croisière, qui a commencé à briser sa coquille.

Début lent et douceur contrôlée.

Cela a alimenté son besoin refoulé de contact humain.

Sa confusion, mêlée de colère, quand je manipulais ses fesses avait du sens.

Une grande partie de ce qui se passait en Virginie avait plus de sens à mesure que nous parlions.

"Je souhaite juste qu'elle me laisse lui rendre visite," dis-je alors que l'alcool s'évaporait lentement de mon système.

«Pensez-vous que cela l'arrêterait? Demanda fermement Lydia. «Si vous lui disiez qu'elle ne pouvait pas vous voir, pensez-vous que cela pourrait la faire changer d'avis?

J'ai souri à cette pensée.

Je m'étais vautré dans l'apitoiement sur moi-même, tandis que la femme que j'aimais se vautrait dans la sienne.

"Putain non!" J'ai répondu: "elle me pliait et me faisait ramper sur mes mains et mes genoux pour demander pardon."

Lydia hocha la tête avec un sourire entendu.

J'ai embrassé Lydia sur la joue.

"Je vais récupérer ma chienne."

CHAPITRE 22

Virginia était dans un établissement privé hors de portée de la presse.

C'était le meilleur endroit que son argent pouvait acheter.

C'était plus un country club qu'un hôpital psychiatrique.

Je suis entré dans la section des visites un lundi, avec un Kindle chargé à ras bord.

J'avais un plan et il me faudrait quelques jours pour le mettre en œuvre.

Il savait qu'elle était têtue et qu'elle s'appelait Virginia.

"Veuillez informer Virginia Buttingson que Richard Carrington est là pour lui rendre visite."

Je savais déjà quelle serait la réponse de l'infirmière, mais dans un endroit comme celui-ci, la demande proviendrait de Virginie.

Je m'assis et m'installai dans la salle d'attente.

Et pendant que je lis.

***

J'ai répété la même opération après le déjeuner, je me suis assis et j'ai lu un peu plus.

Pendant deux jours de plus, j'ai répété le processus.

Le seul avantage est que j'ai pu remonter ma liste de choses à faire.

Le quatrième jour, j'ai appâté un peu plus l'hameçon.

"Veuillez informer Virginia Buttingson que Richard Carrington ne travaille pas depuis quatre jours."

Les sourcils de l'infirmière se sont haussés à ma demande.

"Mot pour mot si tu étais si gentil."

Je me suis assis et j'ai commencé à lire.

Je n'ai même pas pu terminer un CHAPITRE.

"M. Carrington," dit l'infirmière.

Elle avait un sourire sur son visage.

Je pense que nous nous sommes aimés ces derniers jours.

«Le Dr Hincking aimerait que je le voie dans son bureau.

Je me suis levé avec un air plutôt suffisant sur mon visage.

Mon bébé était toujours inquiet pour ses investissements.

Elle n'aurait pas pu partir entièrement.

«Monsieur Carrington ...»

Mais j'ai rapidement interrompu le médecin.

Richard s'il vous plait. Il était encore un peu vif.

"D'accord Richard," continua le médecin, "Mme Buttingson a accepté de vous rencontrer tant que je serai présente. Je pense qu'elle veut que vous agissiez comme tampon. Vous ne serez peut-être pas satisfait du résultat."

J'ai souri au médecin.

Je n'avais aucune idée de ce dont Virginia avait besoin.

Il avait besoin de récupérer la coquille et cet idiot essayait probablement de le détruire pour toujours.

"Cela ne vous dérangera pas si je reste un peu plus optimiste, n'est-ce pas?"

Cela ressemblait à un gros connard, mais c'était ce que disait Virginia.

Elle aurait l'air mieux de le faire.

Le médecin a perdu la fausse amitié qu'il essayait de projeter.

«Son impudeur est profonde, Richard. Je ne veux pas qu'il annule jusqu'où il est venu.

Le médecin suivait un traitement régulier.

Cela ne fonctionnerait jamais avec Virginia.

Elle avait besoin de mon remède à base de colle pour le remonter.

"Gardez vos commentaires sur" aujourd'hui "; ne faites pas de promesses qui ne peuvent être tenues. Elle a besoin de stabilité et de vérités solides, pas de rêves."

«Est-ce qu'elle a précisé qu'elle devrait avoir quoi me dire?

Je devenais arrogant.

J'ai vu l'irritation sur le visage du médecin lorsqu'il s'est rendu compte qu'il pourrait ne pas coopérer.

C'est ce que les gens ont ressenti lorsque Virginia a jeté tout son poids.

C'était un peu enivrant.

Il s'est juste concentré sur son objectif et ruine tous ceux qui essaient de le ralentir.

"D'accord. Je vous fais savoir maintenant que je vous ai conseillé de ne pas le faire." Le médecin était furieux, mais j'étais ravi. "Je pense que votre type de relation ne vous fera aucun bien. Maintenant, vous avez besoin d'une relation plus traditionnelle." J'ai souri de son ignorance. "Eh bien, je vous ai prévenu du mieux que je pouvais. Je ferai office de médiateur et ferai entendre votre opinion. Gardez la visite cordiale et ne vous en voulez pas si elle ne voit pas les choses à sa manière."

"Ce n'est pas antagoniste. Je comprends, docteur."

J'ai souri à son soupir.

Je m'amusais plus que je ne devrais l'être.

Le docteur était de toute façon un âne pompeux.

Il a pris le téléphone et a dit à sa secrétaire de laisser Virginia entrer.

Virginia est entrée et j'ai essayé de ne pas grimacer.

Il semblait s'être replié sur lui-même.

Elle a dit "bonjour" faiblement, avec une dose supplémentaire de timidité.

J'acquiesçai simplement et la vis marcher lentement, presque en titubant, de l'autre côté du canapé.

Un bon gouffre de quatre pieds de cuir nous séparait.

Je laisse l'idiot mener la conversation.

Il a passé quelques minutes à monologuer sur la guérison et les nouveaux départs.

Il est passé par une oreille et je suis sorti de l'autre.

Je suppose qu'il a décidé de partir pour des exercices de renforcement émotionnel.

C'était son erreur, pas la mienne.

«Maintenant Virginie, quand tu regardes Richard, que vois-tu? cliniquement demandé.

J'ai regardé Virginie qui avait du mal à me regarder.

Sa honte était évidente; sa force lui avait été enlevée.

"Peur," dit-il doucement, "peut-être la honte et la perte."

Elle se couvrit les yeux avant de terminer.

Même ses lèvres avaient perdu leur éclat.

"C'est plus difficile que je ne le pensais," dit-il en regardant le canapé.

«C'est ainsi que nous guérissons, Virginie», la consola le médecin.

Puis il a commis sa deuxième erreur.

Le premier était de me laisser entrer dans la pièce.

«Que voyez-vous quand vous regardez Virginie, Richard?

"Quelqu'un pour une vie," répondis-je rapidement et clairement.

Je regardais directement Virginie, inébranlable dans mon dévouement.

Sa tête se brisa à ma parole.

«Pouvez-vous clarifier cela? Le médecin a demandé nerveusement.

«Ce n'est pas grave», il était prêt à ridiculiser le médecin.

Ces garçons sentimentaux sont tous les mêmes.

Trop de mots, mais pas assez de sentiment.

Virginia me regardait.

J'ai vu que sa force revenait.

"Je pensais que nous avions parlé de ne pas faire de promesses, M. Carrington."

Le médecin était de plus en plus irrité.

Je pense qu'il avait l'impression de l'ignorer.

Et c'était ainsi.

"Il n'importe pas que?" Virginia a demandé un peu plus clairement.

Son corps se pencha vers le mien.

J'étais sa colle.

"Non, je l'ai déjà dit."

Je n'ai jamais quitté les siens des yeux.

J'ai vu sa peur s'estomper, ce qui m'a fait sourire.

Elle m'a souri.

C'était son sourire amical et accueillant.

Nous y étions presque.

"Je pense que je vais devoir finir ..."

J'ai interrompu le bon médecin avant que sa thérapie ne ruine ma fille à vie.

"Tais-toi!" J'ai commandé avec du poison.

Il utilisait mon visage «Je vais t'arracher les oreilles» quand je me suis tourné vers lui.

Étonnamment, il ferma sa putain de bouche.

Je suis retourné avec mon sourire en Virginie.

Elle avait complètement rampé sur le canapé et se dirigeait lentement vers moi.

Je n'ai fait aucun mouvement vers elle.

Attendre.

"Il n'importe pas que?" répéta-t-il en se rapprochant encore plus.

Son sourire et ses yeux se transformèrent en un regard plus énergique.

Une plus grande partie d'elle était de retour.

Il n'y avait plus qu'une chose à dire.

"Oui Maîtresse."

J'ai mis tout ce que j'avais dans ces deux mots.

J'ai entendu le docteur haleter.

Virginia bondit en avant et dans mes bras.

Ses yeux étaient à nouveau vivants.

Elle mit sa joue à côté de la mienne.

"J'ai besoin de vous attacher, de vous retenir," murmura-t-elle.

Je pouvais sentir son besoin de contrôle.

Elle avait tellement perdu ces deux derniers mois.

"Il y a une quincaillerie à quelques kilomètres de là."

J'étais engagé.

Elle valait tout.

"Cela pourrait te blesser."

Elle pleurait presque quand elle a dit cela.

Il prit ma tête dans ses mains et me regarda avec les yeux mouillés.

J'étais hanté par le besoin de me contrôler complètement et le besoin de m'aimer.

Tout ce que j'ai vu était l'amour.

Je tendis la main et tirai sur le col de ma chemise, le déchirant presque, pour exposer ma poitrine gauche.

Un tatouage élaboré qui épelait «Virginie» était sur mon cœur.

Un art complexe, né d'heures de douleur.

Je la voulais au-delà de la raison et j'ai accepté ce dont elle avait besoin de moi.

Il m'a accueilli.

Virginie se leva élégamment et regarda le docteur avec dédain:

«Je pars, docteur.

La salope était de retour.

Le médecin acquiesça sagement.

Je pense avoir vu un peu de peur dans ses yeux.

Il nous a fallu moins de quinze minutes pour sortir de là.

L'emballage normal a été ignoré au profit de la méthode rapide de tout car il tombe dans la valise.

Quand il ferma sa valise, quelque chose lui traversa l'esprit et il me regarda avec des yeux sérieux.

«Serait-ce bien si nous ne parlions jamais de ma famille? elle me demanda.

La dernière dérive «sensible au combat» à guérir n'est pas elle non plus.

"Je préférerais que nous ne parlions jamais d'elle," répondis-je.

J'ai maudit le jour où j'ai rencontré son frère et soupçonné que le reste de sa famille serait aussi nul.

Virginia sourit et attrapa les cheveux de l'arrière de ma tête et rapprocha mes lèvres des siennes.

J'ai senti sa force dans le baiser et cela s'est rendu directement à mon aine.

Elle écarta mes lèvres et montra sa valise.

J'ai souri et l'ai ramassé.

"Je vais te blesser parce que j'en ai besoin. Je ne te refuserai pas," dit Virginia avec un sourire malicieux, "et nous devons nous arrêter pour acheter un rouge à lèvres."

Cela faisait deux mois que j'avais eu une érection.

Ma bite rattrapait le temps perdu.

"J'adore que je puisse te faire ça," ronronna-t-elle en regardant entre mes jambes.

La nuit était exquise.

FIN

DOMINATRIX, CONSEILLÈRE CONJUGALE

PREMIÈRE PARTIE:
20 ans de mariage

CHAPITRE 1

C'était une autre nuit de sexe fade.

Mais aucun d'eux ne s'est plaint.

Après 20 ans de mariage, le sexe était devenu une routine plus que toute autre chose.

Rachel est retournée au lit après s'être lavée entre ses jambes.

Elle éteignit la lumière, se mit sous les couvertures et s'allongea à côté de son mari.

«C'était charmant», dit-il.

"C'était", répondit Roger. "Un peu mieux depuis que les garçons vont à l'université, non?"

Elle lui donna un coup de coude.

"Quelle chose horrible tu dis."

"Mais tu dois admettre que c'est bien que nous n'ayons plus à garder le silence. Et nous pouvons laisser la porte ouverte."

Rachel réfléchit un instant.

"Je suppose. Mais quand même, ils me manquent tellement."

"Moi aussi."

Elle ferma les yeux.

"Bonne nuit."

"Bonsoir, chérie," répondit-il en l'embrassant sur le front.

CHAPITRE 2

Le lendemain était une journée de travail typique pour Rachel.

Elle était comptable pour un cabinet comptable de niveau intermédiaire.

Avec la récente croissance économique du centre-ville, il avait beaucoup de travail à faire pour les nouveaux clients.

Pendant le déjeuner, elle a mangé avec le même groupe de femmes qu'elle avait mangé ces dernières années.

Ils ont parlé de leurs sujets habituels: potins, actualités du divertissement, famille, leurs enfants, nouvelles recettes, etc.

Ils étaient tous les meilleurs amis et ont toujours apprécié la compagnie de l'autre..

Il était presque six heures de l'après-midi lorsque Rachel rentra à la maison.

La voiture de Roger était déjà dans l'allée.

Quand il est entré dans la maison, c'était particulièrement calme.

Roger avait l'habitude de dire rapidement "bonjour".

Elle l'a appelé, mais n'a obtenu aucune réponse.

Quand Rachel entra dans la cuisine, une paire de bras s'enroula autour de son corps par derrière.

Les mains touchaient sa poitrine lascivement.

Elle a crié à haute voix.

"C'est bien!" dit-il en la libérant. "C'est moi! C'est moi!"

Elle se retourna rapidement pour voir un regard abasourdi sur le visage de Roger.

Il ne s'attendait clairement pas à ce que sa femme réagisse ainsi.

"Mon Dieu! Roger! Ne me fais plus jamais peur comme ça!"

"Je voulais vous surprendre".

«Comment était-ce une surprise? elle était furieuse. "Tu m'as fait peur en plein jour. Je pensais qu'ils m'attaquaient!"

"Désolé. J'essayais juste d'être romantique."

"Il n'y a rien de romantique à être touché de cette façon."

"Désolé. Je ne le referai plus."

Rachel a pris un moment pour se calmer.

«Je ne voulais pas être aussi en colère. C'est juste, s'il vous plaît, soyez un peu plus attentif à vos surprises, d'accord?

"Nous ne nous sommes plus jamais amusés. Avez-vous remarqué?"

"S'il vous plaît Roger, je ne suis pas d'humeur pour ça en ce moment."

"D'accord," acquiesça-t-il en signe de défaite.

Rachel se retourna et alla dans la chambre pour changer ses vêtements.

Assis sur le lit et soupira.

CHAPITRE 3

Le lendemain.

Rachel était devant l'ordinateur en train de faire son travail de comptabilité.

Son téléphone sonna.

C'était son mari.

Elle a répondu à l'appel, et quand Roger lui a dit que c'était important, elle a dit d'attendre un moment en sortant pour plus d'intimité.

Il se demanda de quoi il s'agissait.

Roger a rarement appelé pendant qu'elle était au travail.

Il supposa que ça ne pouvait pas être à cause de son combat d'hier, parce qu'il l'avait déjà résolu cette même nuit.

"Oui?" Il a dit quand il était dehors, loin des autres collègues.

"Faisons un voyage la semaine prochaine," répondit-il sans détour. "Il y a un endroit tranquille où l'on peut aller près de la côte."

"Je ne peux vraiment pas. Les choses sont très occupées avec mon travail en ce moment."

"Le mien est comme ça aussi. Mais nous pouvons faire un trou. Nous pouvons y aller vendredi prochain et rester pendant le week-end. Il suffit de prendre une journée de congé."

"Mais ce n'est pas nécessaire," répondit-elle, essayant de le raisonner. "Je ne suis pas en colère contre toi. N'avons-nous pas clarifié ça la nuit dernière?"

"Il ne s'agit pas d'hier. Il s'agit de notre mariage."

Ces mots envoyèrent un choc complet à travers la colonne vertébrale aux pieds de Rachel.

Il avait toujours supposé que son mariage était solide et qu'il donnait à Roger tout ce qu'il avait toujours voulu d'une femme.

«Notre mariage est-il en difficulté? elle a demandé.

"Ne parlez pas comme ça. Mais il y a un moyen de rendre notre mariage ... meilleur ..."

Un autre signe est descendu dans sa colonne vertébrale.

"De quoi parle ce voyage?"

"Je pense qu'il y a quelqu'un qui peut nous aider."

«Un conseiller conjugal? demanda-t-elle surprise.

Arrêté un instant.

"Oui. Quelque chose comme ça. Un conseiller conjugal."

"On ne fait pas ça mal, n'est-ce pas? J'ai pensé ... j'ai pensé ..."

La voix de Rachel devenait étouffante et ses yeux se mouillaient.

«Nous ne faisons rien de mal», répondit-il, essayant de la rassurer. "Mais je pense que nous pouvons nous améliorer. C'est quelque chose auquel je pense depuis un moment."

"Très bien. Si vous pensez que c'est pour le mieux."

"Merci, chérie. Je suis désolé de t'avoir appelé au travail. C'est une chose de dernière minute. Elle avait un poste à la dernière minute dans son emploi du temps et voulait en profiter."

Rachel haussa un sourcil.

"Elle? Est-ce que le conseiller est une femme?"

"Oui."

"Que savez-vous de cette personne? Pourquoi avons-nous besoin de voyager si loin pour lui?"

"J'expliquerai plus tard. Mais elle a une réputation unique. Et je pense qu'elle fera des merveilles pour nous."

"Si c'est ce que tu veux, alors c'est bien."

"Je suis content que vous soyez ouvert à cela. Nous discuterons des détails ce soir."

"Okay au revoir."

"Adieu."

L'appel a pris fin et Rachel a été choquée avec son téléphone en main.

Une bombe était tombée sur elle, mais elle réalisa qu'elle ferait tout ce qu'il fallait pour que son mariage reste solide.

CHAPITRE 4

Quelques jours plus tard.

Rachel se tenait dans la pièce, pliant des vêtements pour le prochain voyage.

Elle savait que le temps allait être chaud, alors elle a emballé les t-shirts, shorts, sandales et maillots de bain que Roger lui a dit de porter car ils seraient près de la plage.

Elle ne voulait pas y aller, non seulement parce que l'idée allait leur coûter des milliers de dollars, mais parce qu'elle avait besoin de passer beaucoup de temps au travail, et cette journée perdue serait une journée qu'elle devrait rattraper.

Mais si c'était la meilleure chose pour votre mariage, alors vous ne vouliez pas vous battre à ce sujet.

Ce qui le dérangeait le plus, c'était que Roger était inhabituellement clairsemé et paresseux sur la question du conseil matrimonial.

Durant toutes leurs années de mariage, ils avaient toujours été ouverts à tout.

Il n'y avait jamais eu de secrets.

Il n'y a jamais eu de mensonges.

C'est pourquoi leur mariage a été si réussi.

Jusqu'à maintenant...

Elle passa un long moment à se demander pourquoi Roger voulait voir un conseiller.

Qu'arrive-t-il à notre mariage?

Je pensais que tout allait bien.

Je pensais que tout était parfait entre nous.

Est-ce du sexe?

Ne suis-je plus assez bon?

Voulez-vous quelqu'un d'autre?

A-t-il une liaison?!

La valise était presque pleine.

Il ne restait plus qu'à mettre le maillot de bain.

Il y avait un vieux couple dans son placard.

Qu'elle n'avait pas utilisé depuis des années.

Il s'est déshabillé devant le miroir.

Elle regarda son corps nu.

Les légères lignes sur son visage avaient grossi.

Ses seins auparavant très gaies avaient commencé à s'affaisser.

Ses hanches devenaient plus épaisses malgré l'aérobic.

La vérité est que ce n'est pas étonnant que Roger veuille voir un conseiller.

Elle a mis son maillot de bain et a posé devant le miroir avec.

Vous aimerez ça.

À ce moment, Roger quitta son bureau à domicile et s'approcha de Rachel avec un froncement de sourcils.

"Que se passe-t-il?" elle a demandé, toujours dans son maillot de bain.

«Je viens juste de téléphoner à mon patron. Un de nos clients vient de recevoir un procès de plusieurs millions de dollars. Je ne peux plus faire ce voyage.

Elle le regarda droit dans les yeux et savait que Roger disait la vérité.

Une lueur d'espoir traversa l'esprit de Rachel.

Elle était heureuse que le voyage ait probablement été annulé.

"C'est très mauvais," répondit-elle. "Cela signifie-t-il que le voyage est annulé?"

"Il ne sert à rien d'annuler tout le voyage car j'ai déjà payé les vols et les modalités de conseil. Vous devriez y aller seul."

Elle était surprise.

«Voulez-vous que je voie un conseiller matrimonial seul? À quoi ça sert?

Le soupir.

"Rachel, je t'aime tellement. Je t'aime plus que tout. Tu es l'amour de ma vie."

«Oh mon Dieu, tu as une liaison. N'est-ce pas vrai? Il y a quelqu'un d'autre, non?

"Non, ce n'est pas comme ça," dit-il avec emphase. "Je ne te tromperais jamais. Je ne l'ai jamais fait et je ne le ferai jamais."

«Alors que se passe-t-il? Ces derniers jours, vous avez été très évasif à propos de ce voyage. Jamais auparavant vous n'avez été aussi secret.

Il soupira à nouveau et secoua la tête.

«Désolé. Je n'ai pas été complètement honnête avec toi. Je pense que je ne suis pas aussi courageux que je le pensais.

"Dis moi ce que c'est?"

"Fais-moi confiance?"

"Bien sûr que oui. Si vous avez une liaison, dites-le-moi. Nous pouvons le découvrir."

«Je n'ai pas de liaison Rachel. Mais je pense qu'il doit y avoir des changements dans notre mariage.

"Est-ce que je ne suis plus assez bon?" elle a demandé.

"Arrête de dire des choses comme ça. Tu es ma femme. Je t'aime plus que tout."

"Alors pourquoi n'es-tu pas honnête avec moi?" demanda.

Il secoua la tête.

"J'essaye d'être honnête. Mais je ne peux pas. Ce n'est pas facile. Croyez-moi, j'aimerais que tout soit facile."

«Je ne te comprends plus, Roger.

Une tristesse apparut sur son visage.

«Peux-tu me promettre que tu partiras encore? Je sais que c'est dur d'aller comme ça, mais je ne te le demanderais pas à moins que je ne pense que ça pourrait aider à sauver notre mariage.

"Pensez-vous que notre mariage doit être sauvé?" demanda-t-elle, les larmes aux yeux.

«S'il te plaît, ne complique pas les choses, Rachel. Peux-tu me promettre que tu partiras seule ? Je veux que tu rencontres la conseillère et que tu écoutes ce qu'elle a à dire. je t'en prie ".

Des larmes coulaient déjà sur son visage.

Rachel s'y noya et pouvait à peine parler.

Puis elle passa ses bras autour de son mari et lui fit un gros câlin suffocant.

Il n'allait pas perdre son mariage donc peu importe le prix.

DEUXIÈME PARTIE:
Lady Samantha et la femme

CHAPITRE 5

Rachel a vu un homme bien habillé après avoir quitté le terminal de l'aéroport avec ses bagages.

L'homme tenait une pancarte avec son nom dessus.

Ils ont parlé et confirmé l'identité des deux.

Elle est montée dans sa voiture de luxe pour un trajet d'environ trente minutes jusqu'à ce qu'ils atteignent leur destination.

Elle espérait se rendre dans un immeuble de bureaux.

Mais il fut surpris de voir que la destination était en fait une grande maison près de la plage, qui ressemblait plus à un manoir.

Le propriétaire de l'endroit était une personne très riche.

Et le propriétaire n'était certainement pas un conseiller conjugal ordinaire.

La voiture s'est arrêtée dans l'allée.

Le chauffeur est allé dans le coffre pour sortir les bagages.

À ce moment, la porte d'entrée du manoir en bord de mer s'ouvrit et une grande femme sculpturale en émergea.

Elle avait l'air magnifique, dans la trentaine, avec de longs cheveux ondulés et un corps modèle.

"Tu dois être Rachel," sourit la femme. "J'ai entendu des choses merveilleuses sur toi."

"C'est moi. Et toi ?"

« Samantha. Bienvenue chez moi.

Les deux femmes se sont chaleureusement serrées la main.

"Quel bel endroit. Je ne m'attendais certainement à rien de tel."

"La plupart des gens ne le font pas. C'est dommage que votre mari n'ait pas pu venir."

« Connaissez-vous mon mari ? A demandé Rachel.

"Je voyage beaucoup avec mon père pour affaires et j'ai vu votre mari plusieurs fois. Mais nous pourrons en parler plus tard. Je suis sûr que vous êtes épuisé. Laissez-moi d'abord vous montrer votre chambre."

Samantha a conduit Rachel avec le chauffeur dans les escaliers du grand manoir à la chambre d'amis.

Le chauffeur a déposé les bagages dans la chambre puis est parti.

Rachel était dans un état d'émerveillement constant alors qu'elle regardait le manoir.

Il ne pouvait pas comprendre combien tout cela valait.

"Je vais vous laisser vous doucher et vous reposer", dit Samantha. "Les serviettes sont dans la même salle de bain. Venez à la plage vers six heures de l'après-midi. Nous pouvons regarder le coucher de soleil ensemble et prendre du jus de fruits frais."

"Cela semble délicieux".

Samantha sourit.

"On se voit alors".

CHAPITRE 6

Rachel a pris une douche froide et s'est détendue.

La chambre d'amis de la maison était meilleure que n'importe quelle chambre de n'importe quel hôtel de luxe dans lequel il avait séjourné.

Tout était pur luxe et classe.

Il se demanda ce que Roger avait prévu.

***

Six heures arrivèrent et Rachel descendit, habillée avec désinvolture pour le temps chaud dans lequel elles étaient.

Il est allé sur la plage et a trouvé que la vue était magnifique.

J'avais oublié à quel point l'océan pouvait être beau, surtout lors d'un coucher de soleil.

Il vit Samantha debout là, admirant la vue sur l'océan.

"Vous avez tellement de chance de pouvoir en profiter tous les jours", a déclaré Rachel.

"En effet."

"Alors qu'est-ce que tu fais exactement ici?"

«Qu'est-ce que Roger vous a dit?

"Pas grand-chose, malheureusement. C'est juste que tu es une sorte de conseiller matrimonial. Mais à première vue, je ne suis plus tout à fait sûr que ce soit le cas."

"Je fais diverses choses," répondit Samantha. «Je fais de l'immobilier et du développement de l'emploi au nom de mon père. Mais je fais aussi des faveurs aux gens. Des faveurs que j'aime vraiment offrir.

"Comment? Conseil matrimonial?"

Samantha a montré un beau sourire.

"Tu peux le dire comme ça aussi."

"Pourquoi tout le monde est-il si vague à ce sujet ? Y a-t-il un secret que je ne devrais pas connaître ?"

"Si vous voulez connaître la vérité, j'ai aidé de nombreux couples au fil des ans. Je me fiche de l'argent. Je le fais pour le plaisir. J'aime aider."

"Et comment aidez-vous exactement ces couples?" A demandé Rachel.

"Comment pensez-vous ? Quelle est la base d'une bonne relation?"

"Amour," répondit Rachel.

« Sexe », fit Samantha. "J'aide les couples à faire du sexe pour eux."

Rachel a été choquée au fond, mais n'a pas laissé son visage le montrer.

Elle a été surprise que son mari bien-aimé de vingt ans y pense quand il lui a parlé d'elle.

« Alors vous êtes sexologue ?

"Je n'aime pas vraiment les étiquettes," répondit Samantha. "Mais je sais beaucoup de choses sur le sexe. Je sais ce que les gens aiment et comment il peut être amélioré. C'est un talent naturel que j'ai."

"Je ne pense pas que ce soit bon pour moi. Merci pour la gentille hospitalité, mais je devrais y aller. Je prendrai le prochain vol pour rentrer."

"Vous venez d'arriver".

"Je le sais mais..."

« Roger m'a prévenu que cela vous inquiéterait.

« Avez-vous couché avec lui ? Rachel a demandé sans ambages.

"Non. Croyez-moi, votre mari est un homme fidèle. J'ai juste jeté un coup d'œil à lui et je savais que sa vie sexuelle manquait beaucoup. Alors, quand j'ai trouvé une opportunité sur mon emploi du temps, j'ai fait une offre à votre mari."

Rachel plissa les yeux.

"Oui, en échange de plusieurs milliers de dollars de l'argent de mon mari, non?"

"Comme je l'ai dit, l'argent ne veut rien dire pour moi. Regarde autour de moi, je n'ai pas besoin de l'argent de ton mari. Mais si je ne fais pas payer les gens, j'aurai une longue file d'hommes qui attendent devant ma porte pour obtenir un service gratuit. . "

"Eh bien, merci pour l'hospitalité. Je ne veux pas perdre votre temps. Ce n'est pas pour moi. Je prendrai le prochain vol disponible."

Samantha hocha la tête.

«C'est parfaitement compréhensible. Tu peux rester ici aussi longtemps que tu veux. Mon chauffeur t'emmènera quand tu voudras. Je rendrai l'argent de ton mari dès que possible.

"Je vous remercie."

"Bonne chance pour votre mariage," dit Samantha, reportant son attention sur le soleil couchant.

Rachel fit une longue pause.

"Que savez-vous de mon mariage?"

"Votre mari voulait ça pour une raison précise. Donc je sais que votre vie sexuelle doit être incroyablement ennuyeuse et monotone."

"Il y a plus dans le mariage que le sexe. Nous nous aimons. Nous sommes d'excellents partenaires dans la vie."

"Continue de te dire ça," répondit Samantha. "Votre mari a manifestement le sentiment que quelque chose manque à votre relation. Mais si vous pensez que tout est parfait, alors n'hésitez pas à partir."

Rachel fit une autre longue pause.

«Si je reste ici, je veux dire, au cours des prochains jours, que va-t-il se passer? Que vais-je faire ici?

«Si tu restes, je t'apprendrai les joies de la domination et de la soumission. C'est ma spécialité. Quelqu'un comme Roger a besoin de se sentir l'homme dans la relation. Je peux t'apprendre comment le servir correctement.

"Cela semble un peu grossier."

«Le sexe est brut. Mais c'est aussi beau. À quand remonte la dernière fois que tu as eu un orgasme époustouflant ? Le genre qui laisse une flaque d'eau entre tes jambes.

"Je ne me souviens pas," répondit Rachel. "Des années. Peut-être plus."

"Pauvre chose. Mais je peux arranger ça. Les femmes plus âgées, en particulier les épouses, sont une de mes spécialités."

"Nous n'allons pas ... vous savez ..."

"Nous le ferons. Nous ferons tout ensemble."

"Je ne peux pas faire ça," répondit Rachel. "C'est fou. Je n'ai jamais rien fait avec une autre femme avant."

Considérez cela comme une expérience d'apprentissage. De plus, ce n'est pas fou si votre mari pense que c'est bénéfique. "

"Vous êtes certainement très enthousiasmé par tout ce projet."

Samantha sourit.

"Tu devrais l'être aussi."

"Et maintenant ?"

«Maintenant, je rentre à l'intérieur pour me préparer pour le dîner. Mon chef fait quelque chose de délicieux. Si vous voulez rester, rejoignez-moi pour le dîner. Si vous voulez partir, parlez à mon chauffeur.

"Je veux rester."

"Le dîner devrait être prêt bientôt. Nous pouvons mieux nous connaître. Demain, c'est quand le vrai plaisir commence."

Samantha montra un autre sourire plein d'insinuations.

Puis il se tourna pour entrer dans son grand manoir.

CHAPITRE 7

Le lendemain.

Une petite partie du personnel leur a servi le petit déjeuner en plein air.

Tout a été géré correctement.

Toute la nourriture était fraîchement préparée.

Les deux femmes ont apprécié la compagnie de l'autre pendant qu'elles prenaient le petit déjeuner.

"Je peux vraiment m'habituer à ça," plaisanta Rachel.

Samantha lui fit un clin d'œil.

"Qui cuisine habituellement dans votre maison? Je suppose que c'est vous. Vous semblez être une femme très domestiquée."

"J'ai été élevé à l'ancienne. Je viens d'une longue lignée de femmes au foyer."

"Typique. Vous avez ce look conservateur classique."

"Je l'entends beaucoup," Rachel haussa les épaules. "Mais pour une bonne raison. J'adore prendre soin de ma famille. J'adore être la mère et la femme idéales pour eux."

Samantha hocha la tête.

"Je suis sûr que Roger apprécie tout ce que vous faites dans la maison."

"Oui," répondit Rachel. "J'ai beaucoup de chance de l'avoir. La plupart des maris n'apprécient pas le travail que leur femme fait pour eux."

"Est-ce que Roger vous récompense? Est-ce qu'il vous permet de sucer sa bite?"

"Pardon?"

«Est-ce que Roger te laisse sucer son pénis quand tu as été une bonne fille?

Rachel a été surprise par les propos obscènes au petit-déjeuner, surtout devant le personnel.

Les conversations effrontées sur le sexe lui avaient toujours semblé de mauvais goût.

"Je ne pense pas que ce soit votre affaire," répondit Rachel.

"N'est-ce pas vrai ? Je pensais que tu voulais mon aide."

"Je suppose, mais ..."

"Soyez honnête. Nous sommes tous les deux des femmes adultes. Et mon personnel est très discret. J'essaye juste de vous aider."

Rachel poussa un léger soupir.

"Je le fais pour lui, seulement parfois. Je n'aime pas vraiment le faire".

"Alors en quoi consiste ta vie sexuelle avec Roger ? Est-ce qu'il grimpe sur toi, te donne quelques balançoires et puis court ?"

"Fondamentalement."

Samantha a failli rire.

"Ce n'est pas une belle vie sexuelle. Cela ressemble plus à une formalité."

"Cela fonctionne pour nous."

"Evidemment non. Roger veut que vous soyez ici pour une raison. Je déteste vous annoncer la nouvelle, mais Roger est un garçon normal et excité. Il adore le sexe. Et il adore se faire des pipes. Mais il est trop timide pour demander des services à sa jolie petite femme. supplémentaire. "

"Vous êtes présomptueux."

Samantha haussa un sourcil.

"Suis-je ? Est-ce que Roger a déjà rejeté le sexe ? Est-ce qu'il ressemble à un lycéen à chaque fois que vous sucez sa bite ? Vous savez que j'ai raison. Tous les hommes sont pareils en matière de sexe."

"Ce n'est pas comme ça que j'ai grandi," dit Rachel après une longue pause. «Vous avez probablement raison pour Roger. Mais je ne sais plus comment lui plaire.

Samantha fit claquer ses doigts et quelqu'un du personnel apporta un jouet sexuel sur un plateau en argent.

Samantha l'a ramassé et le personnel est parti.

Le sextoy couleur chair avait la forme du pénis d'un homme.

«C'est incroyable de voir à quel point ces jouets pour adultes sont devenus réalistes», a déclaré Samantha, le tenant debout et étonné.

Même s'ils étaient à l'extérieur, Samantha ne semblait pas gênée de tenir un gode.

Rachel se sentait un peu mal à l'aise, même s'il n'y avait personne d'autre autour.

«N'as-tu pas peur que quelqu'un vienne te voir avec ça? A demandé Rachel.

"Il est parfaitement légal d'avoir un sextoy dans l'Etat."

Rachel hocha la tête d'un air penaud.

"Tu as raison."

"Il n'y a rien de mal à en embrasser un."

"Que veux-tu dire?"

Samantha secoua légèrement le gode.

«Vas-y, embrasse-le.

"Parce que?"

"Je suis curieux de savoir à quoi vous ressemblez avec un pénis dans la bouche."

Rachel eut l'air nerveuse quand Samantha lui tendit le gode, qui était pointé sur son visage.

Elle a imaginé que se disputer serait inutile.

Elle était invitée dans une maison de luxe.

Elle savait qu'il serait impoli de refuser la demande.

Il se pencha en avant sur la table et embrassa la tête du gode.

«Maintenant, ouvrez vos lèvres», dit Samantha. "Emmenez-le à l'intérieur."

Rachel se sentit mal à l'aise, mais elle le fit quand même.

Elle a permis au jouet sexuel d'entrer dans sa bouche.

Samantha a commencé à pousser et à tirer le gode dans la bouche de Rachel pour simuler le sexe oral.

"C'est tout?" Dit Samantha, regardant attentivement. "Suce. Tout comme ça. Imagine que c'est celui de Roger."

En entendant ces mots, un feu a été allumé à Rachel.

Elle suçait plus fort, plus vite et plus fort.

Elle a vraiment commencé à pratiquer le sexe oral avec un gode.

Avant que Rachel ne puisse continuer, Samantha retira le gode de sa bouche et Rachel se pencha en arrière sur son siège.

"Pas mal," dit Samantha. "Mais vos talents de fellation pourraient s'améliorer un peu. Nous y travaillerons plus tard. Je pense que Roger sera très heureux pour votre retour à la maison."

"Je l'espère," rougit Rachel.

Samantha sourit.

"Nous avons une longue journée d'entraînement devant nous. Finissons notre petit-déjeuner et profitons de notre temps."

Ils ont repris leur petit-déjeuner.

Rachel baissa les yeux sur sa nourriture, mais pensait toujours aux derniers mots de Samantha.

Formation? Qu'est-ce qu'il voulait dire par là?

CHAPITRE 8

La chambre de Samantha se composait d'un grand et spacieux espace.

Et c'était simple mais élégant.

Les meubles semblaient rustiques et chers.

Le balcon était ouvert et offrait une vue parfaite sur l'océan.

"Son mari m'a dit votre taille et vos mensurations", a déclaré Samantha. «Alors je suis allé de l'avant et je t'ai acheté une nouvelle garde-robe.

Il y avait une valise au milieu de la pièce.

Samantha l'a ouvert pour révéler une grande variété de vêtements, la plupart assez révélateurs, et une grande variété de sous-vêtements.

Rachel était stupéfaite.

«C'est tout pour moi?

"Tout dans cette valise est pour toi. Je t'ai aussi acheté un nouveau kit de maquillage."

"Quel est le problème avec mon maquillage?"

"Rien si vous êtes comptable," répondit Samantha. «Mais si vous voulez donner à votre mari une érection régulière, vous devrez travailler un peu plus dur.

"Roger aime ça comme je l'aime."

"Tu es une très jolie femme. Je suis sûr que Roger pense que tu es la plus belle femme du monde. Mais parfois les hommes veulent juste une sale pute dans la chambre. Ce sont les faits."

Rachel fit une pause.

"Je ne suis plus vraiment une jeune femme."

"Il n'y a absolument rien de mal avec les femmes de votre âge. Tout le monde aime les femmes plus âgées. J'adore les femmes plus âgées."

"Alors que faisons nous?"

«C'est bien d'être une femme au foyer primitive et convenable. Mais c'est aussi bien d'être une sale petite salope dans la chambre de temps en temps. C'est ce que je vais vous apprendre.

Rachel prit une profonde inspiration.

"Très bien. Je garderai l'esprit ouvert à tout ce que vous avez à dire."

"Bien. Déshabille-toi maintenant."

"Pardonne-moi?"

"Déshabille-toi. Enlève tes vêtements. Tout ça."

"Parce que?"

«Je pensais que tu avais dit que tu gardais l'esprit ouvert» dit Samantha avec un sourcil levé. "Si vous voulez mon aide, écoutez ce que j'ai à dire."

Rachel savait déjà que se disputer avec Samantha n'était jamais une stratégie gagnante.

Elle prit une profonde inspiration pour reprendre courage et retira ses vêtements avec hésitation, pliant soigneusement chaque vêtement et le plaçant sur le lit voisin.

C'était un peu embarrassant pour Rachel de se déshabiller devant Samantha, car son corps était âgé et Samantha était très jeune et en forme.

Mais Rachel se dit que c'était comme se déshabiller devant le médecin.

Samantha avait probablement vu de nombreuses femmes nues de son âge.

Elle a tout vu.

Quand ce voyage sera terminé, je n'aurai plus jamais à la revoir.

Alors, qui se soucie si elle me voit nue?

Elle a enlevé tous ses vêtements et à la fin Rachel était complètement nue devant une femme beaucoup plus jeune et plus séduisante.

"Très féminine et belle," dit Samantha avec un petit indice en hochant la tête.

"Ça tu crois?"

"Comme je l'ai dit, j'adore les femmes plus âgées. Et j'aime les femmes au foyer. Je pense que vous êtes extrêmement attirante."

Rachel haussa les épaules.

"Et quelle est la prochaine étape?"

"Suivez-moi."

Samantha a conduit Rachel à la commode.

Rachel était assise devant le grand miroir et une table pleine de produits de beauté design.

Ils regardèrent tous les deux le reflet seins nus de Rachel dans le miroir.

Samantha a ensuite utilisé une serviette humide pour essuyer le maquillage de Rachel jusqu'à ce que son visage soit propre.

Les rides et les lignes d'âge sur le visage de Rachel étaient devenues plus apparentes.

«Tu as une telle beauté naturelle, Rachel. Tu es très jolie.

"Je vous remercie."

"Mais nous ne sommes pas intéressés par la beauté pour le moment", a déclaré Samantha. «Nous sommes intéressés par sexy. Es-tu prêt pour ça, Rachel?

"Je crois que oui."

"Nous allons commencer."

Samantha est allée directement travailler l'application de cosmétiques.

Elle a habilement appliqué une couche de fard à joues, fard à paupières, mascara, eye-liner et une nuance brillante de rouge à lèvres.

Seconde par seconde, la sage femme au foyer a vu son apparence se transformer.

Quand elle eut fini, Rachel pouvait à peine se reconnaître.

"Qu'en penses-tu?" Demanda Samantha, fière de son travail.

"Ça a l'air ... ça a l'air ... intéressant ..."

Samantha tapota les épaules de la femme.

"Tu t'y habitueras. Souviens-toi juste que c'est juste pour toi et Roger. Personne d'autre."

"J'ai compris."

« Maintenant, on va t'habiller, d'accord?

Rachel se leva et suivit Samantha dans la grande salle.

Samantha fouilla dans la valise et en sortit une fine robe rouge.

"Essayez ceci," dit Samantha. "Et regarde-toi dans le miroir."

Rachel regarda son reflet nu dans le miroir alors qu'elle enfilait sa robe.

C'était clairsemé, mince et petit.

Surtout, c'était semi-transparent.

La couleur de ses mamelons et de ses poils pubiens était parfaitement visible.

"C'est un peu révélateur, tu ne trouves pas?" Rachel a exprimé ce qui était évident.

« C'est l'idée. Quand tu es à la maison, je veux que tu utilises ça pour Roger à tout moment. Ce sera un mariage plus heureux.

« Tu veux que je sois pratiquement nue à tout moment?

"Pensez-y, est-ce que Roger discuterait avec vous pendant que vos tétons sont exposés?"

"C'est certainement une façon amusante de voir les choses," répondit Rachel avec un petit rire.

Samantha sourit.

"J'ai aidé de nombreux couples au fil des ans. Faites-moi confiance, je sais de quoi je parle."

Les deux femmes se sourirent joyeusement avant d'essayer d'autres tenues.

CHAPITRE 9

Plus tard dans la journée.

Rachel était dans un état de profonde relaxation.

J'étais dans la salle du spa, seule avec une masseuse formée.

Son esprit s'éloigna alors que son dos recevait un massage expert.

C'était du bonheur.

"Je suis contente que tu t'amuses," dit Samantha en entrant dans le spa.

"C'est le paradis."

«Un bon massage est toujours paradisiaque. Je suis désolé de vous interrompre, mais je viens de parler à mon père au téléphone. Il s'est passé quelque chose.

Rachel s'est assise pour écouter les nouvelles.

Ses seins montraient, mais elle s'en fichait.

"Tout va bien?" elle a demandé.

"Tout va bien. Mais mon père est en train de dîner avec plusieurs de ses partenaires commerciaux, et il veut que je la rejoigne. Il veut que je sois au courant. De plus, je suis doué pour recevoir des invités."

"Je devrais y aller?" Rachel a demandé, craignant secrètement le pire.

"Non, non. Mais je ne sais pas à quelle heure je serai de retour, alors installez-vous confortablement chez moi. J'ai déjà demandé au personnel de vous préparer un bon dîner. Faites ce que vous voulez après. Il y a des livres, des films, de la musique, tout ce que vous voulez. Mon personnel vous aidera avec tout ce dont vous avez besoin. "

"Merci tu es très gentil."

Samantha haussa un sourcil.

«Si vous êtes d'humeur pour quelque chose d'un peu plus provocant, alors essayez la collection de DVD dans ma chambre. Qui sait, vous verrez peut-être quelque chose que vous aimez.

"Je vais garder cela à l'esprit," répondit Rachel, ne sachant pas comment interpréter les insinuations.

"Amusez-vous bien. J'essaierai de revenir bientôt."

"Bonne nuit."

Samantha sourit et partit.

CHAPITRE 10

Cette même nuit.

Le manoir luxueux avait l'air un peu ennuyeux sans son propriétaire.

Après un dîner matinal, Rachel a regardé le coucher du soleil et a de nouveau exploré la maison.

Il a jeté un coup d'œil à ce qu'il avait pour la collection de cinéma maison et de musique, mais rien ne l'intéressait beaucoup.

Maintenant, il regardait la télévision dans le salon.

La nouvelle était la seule chose qui l'intéressait.

Il se demanda comment allait Roger.

Elle se demanda si Roger lui manquerait.

L'ennui est venu.

Il était onze heures du soir et Rachel décida de se coucher.

Sur le chemin de sa chambre, il passa la chambre de Samantha.

La porte était grande ouverte.

L'offre de regarder ses DVD privés était toujours dans l'esprit de Rachel.

Pourquoi pas?

Elle m'a invité à entrer dans sa chambre pour regarder.

Rachel entra dans la chambre principale et se dirigea vers la grande télévision.

Les DVD n'étaient pas difficiles à trouver.

Il y avait plus de 200 DVD, a-t-il estimé.

Tous les DVD étaient faits maison.

Chaque DVD avait un nom écrit dessus, ainsi qu'une date.

Rachel a allumé la télévision et le lecteur DVD.

Elle a sélectionné un DVD au hasard intitulé: Joseph 03-07-2018

Le DVD commença et Rachel s'assit sur le lit.

Elle a été surprise par ce qu'elle a vu.

Un homme nu est apparu sur l'écran.

Il était d'âge moyen et en forme normale.

Il avait le visage d'un homme d'affaires prospère.

Son pénis était petit et flasque.

Il avait l'air timide.

Je regardais directement la caméra.

Il se tenait dans une chambre d'amis.

L'homme a déclaré son nom, son âge et que son emploi était un promoteur immobilier.

La scène était très étrange et rendait Rachel extrêmement mal à l'aise.

Il ne pouvait pas comprendre pourquoi Samantha aurait un DVD comme ça.

Rachel se leva et était sur le point d'éteindre le DVD lorsqu'elle entendit soudain la voix de Samantha provenant de la télévision.

Il commençait à donner des ordres à l'homme nu.

Rachel se rassit pour continuer à regarder.

L'homme nu sur l'écran se caressa.

Son petit pénis est devenu un peu plus gros et plus rigide.

L'homme s'est agenouillé lorsque la voix de Samantha lui a ordonné.

Samantha est apparue sur l'écran et Rachel a presque haleté.

Samantha est apparue dans la vidéo portant un corset en cuir serré, montrant ses bras et ses jambes.

Il y avait un long gode attaché entre les jambes de Samantha qui devait mesurer au moins six pouces de long.

Samantha se tenait devant l'homme agenouillé, et l'homme a commencé à sucer son pénis de la ceinture avec enthousiasme.

Tout ce que Rachel pouvait faire était d'avoir l'air presque sous le choc.

J'étais complètement incrédule que Samantha ait fait une telle chose avec un homme.

Son instinct lui a dit d'éteindre le DVD, mais il ne pouvait pas.

L'écran était devenu hypnotique.

Dans la vidéo, Samantha a ordonné à l'homme de se lever et de se pencher sur le lit.

Il l'a fait avec enthousiasme.

Samantha a ensuite appliqué une grande quantité de lubrifiant sur le sextoy et s'est positionnée derrière l'homme.

Rachel haleta en regardant Samantha pénétrer l'homme.

C'était tout ce que Rachel pouvait supporter.

Il s'est levé et a éteint le DVD.

Quand il a remis le DVD à sa place dans la collection, il a vu une autre vidéo étiquetée Anna 05-23-2019.

Il a été enregistré il y a seulement quelques mois et le protagoniste devait être une femme.

Rachel était curieuse, elle a inséré la vidéo et s'est assise sur le lit.

La vidéo montrait une femme mature et nue.

La femme était au début de la cinquantaine.

De toute évidence une femme au foyer.

La vidéo a également été prise dans la même pièce, mais cette fois, Samantha tenait la caméra et parlait à la femme au foyer.

Samantha a ordonné à la femme de s'agenouiller et de ramper vers la chatte de Samantha.

La femme a savamment pratiqué le sexe oral sur la chatte rasée de Samantha.

Rachel était submergée par le désir qu'elle ressentait en regardant la vidéo de sexe privée de Samantha à la maison.

Il se pencha et se toucha en regardant.

Elle a commencé à jouer avec sa chatte.

Le lesbianisme et la soumission n'ont jamais été ses fantasmes, mais il y avait quelque chose de fascinant dans les vidéos personnelles de Samantha.

Rachel a continué à se frotter la chatte jusqu'à la fin de la vidéo.

Puis il a joué une autre vidéo, cette fois d'un couple.

Le temps passait et Rachel avait déjà regardé quelques autres vidéos.

Elle jouit puissamment en regardant du porno fait maison.

Cela faisait longtemps qu'elle n'avait pas ressenti un si bon orgasme.

Elle ferma les yeux pour se reposer un moment.

***

Rachel se réveilla et sentit un doigt frotter sa peau.

Ses yeux s'écarquillèrent.

Il faisait encore nuit.

Elle leva les yeux et vit Samantha debout au-dessus d'elle avec un sourire sur son visage.

"Je vois que vous avez apprécié ma collection," sourit Samantha.

Rachel a rapidement couvert sa chatte.

"Oh mon Dieu. Je suis vraiment désolé. J'ai dû m'endormir."

"Il n'y a rien à regretter. Vous avez trouvé quelque chose que vous aimez. Nous sommes maintenant prêts pour la prochaine étape."

Les deux femmes se regardèrent dans les yeux.

Il y eut un bref moment de silence entre eux.

Et il y avait aussi une compréhension tranquille que les choses allaient devenir beaucoup plus intéressantes.

TROISIÈME PARTIE:
L'esclavage est notre plaisir

CHAPITRE 11

Le petit déjeuner était presque inconfortable le lendemain matin pour Rachel.

C'était la première fois de sa vie qu'elle était surprise en train de se masturber.

Il avait un sentiment de honte et d'inconfort.

"Vous devez avoir beaucoup de questions", a déclaré Samantha.

"Quelque chose."

"Ne soyez pas timide. Écoutons-nous."

"Que faisais-tu exactement dans ces vidéos?" A demandé Rachel.

"Différentes personnes ont des fétiches différents. C'est un fait de la sexualité humaine. Je fournis simplement un service pour ces fétiches."

"Es-tu une sorte de dominatrice, ou comment s'appelle-t-elle aujourd'hui?"

Samantha sourit.

"Quand je veux l'être. Ou si quelqu'un a besoin de mon aide."

«Appelez-vous cette aide? Demanda Rachel en haussant les sourcils.

«Bien sûr que oui. As-tu vu combien ces gens ont couru?

Rachel se sentit soudain timide.

"Étiez-vous ... euh ..."

"Vas-y. Demande juste. Je ne vais pas mordre."

Rachel prit une profonde inspiration.

«Aviez-vous l'intention de faire une de ces choses à moi ou à Roger? C'était le plan depuis le début? Est-ce que Roger veut être sodomisé en laisse? Veut-il me voir faire une fellation à une femme?

"Ce sont les grandes questions, n'est-ce pas?"

"Vas-tu me donner une réponse?"

Samantha fit une pause dramatique pendant un long moment alors qu'elle buvait le jus fraîchement pressé.

"La réponse est la suivante," répondit Samantha. "Votre mari n'a aucune idée de ce qu'il veut. Il sait qu'il veut une meilleure vie sexuelle. Il sait qu'il ne veut pas coucher avec une femme sans émotion chaque semaine."

«Roger m'a traité de femme sans émotion? Rachel a demandé avec des sentiments blessés.

"Pas avec ces mots. Mais la façon dont il a décrit sa vie sexuelle, tu pourrais aussi bien être sans émotion.".

"Alors, que pensez-vous que Roger veut? Que je sois soumise comme les femmes de vos vidéos?"

"Peut-être. C'est à ça que servait ce voyage. Malheureusement, il était occupé et je ne peux pas l'aider. Mais heureusement tu es là."

"Vous plaisantez j'espère?"

"Non. Il ne l'est pas. Je peux dire qu'il ne l'est pas. Mais il est sur le point de le faire. Le sexe que vous offrez est inapproprié pour un homme comme lui."

"Qu'est-ce que je dois faire?" A demandé Rachel.

"Faites ce que je vous dis. Habillez-vous comme je vous l'ai demandé. Sucez sa bite comme je vous l'ai appris. En fait, je m'attends à ce que vous lui fassiez une pipe tous les matins avant le travail, et à nouveau quand il rentre à la maison. Aucune excuse. pas à. "

Rachel hocha la tête.

"Je peux le faire."

"Mais il y a encore plus à apprendre. Le sexe oral ne résout pas tout, croyez-le ou non."

"Et qu'est-ce que c'est?"

Samantha lui lança un regard sournois.

"Nous devrons le découvrir après le petit déjeuner."

CHAPITRE 12

Il y avait une tension notable dans l'environnement quand Rachel suivit Samantha dans une pièce privée du manoir.

La pièce avait des murs lisses et des meubles simples.

Il y avait un petit lit de seulement deux pieds de haut.

Le lit était simplement couvert, sans couvertures ni oreillers, juste un drap.

«Ne perdons pas de temps», dit Samantha. "Votre mari veut une femme soumise. Au fond, je pense que vous aspirez à une figure sexuelle dominante."

"Je ne suis pas du tout d'accord," dit fermement Rachel.

"Oh?"

"Je ne pense pas que Roger m'aime de cette façon. Et j'ai certainement mes limites. J'ai toujours senti qu'une bonne relation est basée sur l'égalité."

"Même pendant les rapports sexuels?"

"Oui."

Samantha se lécha les lèvres.

"Vous avez beaucoup à apprendre aujourd'hui."

"Je garderai l'esprit ouvert à ce que vous suggérez."

Samantha hocha la tête.

"Je t'ai amené ici pour une raison précise. C'est une chambre pour débutants. Tu n'es pas encore prête pour la salle de bondage."

"Cela semble intimidant."

"Intimider dans le bon sens. Mais pour l'instant, nous allons nous contenter de cette pièce car elle est facile à nettoyer après une catastrophe."

"Qu'est-ce que c'est censé vouloir dire?" A demandé Rachel.

«Cela signifie que je vais te faire jouir. De la bonne façon. Je vais te montrer à quoi ressemble un véritable orgasme.

«Samantha, j'apprécie tout ce que tu fais pour moi, mais je ne pense vraiment pas que ce soit nécessaire.

"Bien sûr que oui," répondit fermement Samantha. "Vous ne pouvez pas devenir un vrai soumis sans en avoir ressenti les plaisirs. Nous commencerons lentement. Je vous faciliterai un nouveau style de vie."

Rachel a été frappée par le mot lifestyle.

Les choses allaient devenir plus intéressantes.

Et j'étais curieux de savoir où les choses allaient.

"Bien," répondit-elle. "Je ne discuterai pas. Je ne me plaindrai pas. Je ferai ce que vous demandez."

«Je veux voir ton derrière. Je te veux nue de la taille vers le bas. Puis allonge-toi sur le lit. Gardez les pieds sur le sol.

Rachel était préoccupée par la demande.

Mais elle l'a fait quand même puisqu'elle avait dit qu'elle le ferait sans se disputer.

Elle a tout dépouillé en laissant ses fesses en l'air et a soigneusement placé ses vêtements sur le lit.

Maintenant, elle se tenait avec son buisson moyennement poilu exposé à Samantha.

Puis il s'allongea sur le petit lit, les pieds toujours sur le sol.

"Tu devras te raser plus tard," dit Samantha en regardant ses poils pubiens.

"Mon mari aime ça."

Rasez-vous aujourd'hui. Ne vous inquiétez pas, il repoussera.

Rachel roula des yeux.

"Évident."

"Maintenant écarte les jambes. Large."

Rachel l'a fait.

Elle écarta les jambes et donna à Samantha une vue dégagée sur sa chatte.

Elle ne se sentait pas en sécurité en montrant sa chatte mature à une belle jeune femme, mais elle supposait qu'il y avait un but derrière tout cela.

"Heureux maintenant?"

"Belle chatte," apprécia Samantha. "Il est joli."

"Vas-tu rester là et le regarder?"

"Bien sûr que non. Si cela ne vous dérange pas, je vais attacher vos jambes au lit avant de vous faire jouir. Détendez-vous, je vous promets que vous l'apprécierez."

Samantha chercha quelque chose sous le lit et en sortit une corde qu'elle utilisait pour attacher les chevilles de Rachel aux poteaux opposés du lit.

Tout a été fait avec une précision experte.

Samantha était clairement une experte des cordes et de l'esclavage.

Quand il eut fini, les jambes de Rachel étaient écartées à la manière d'un aigle, attachées et sa chatte était grande ouverte.

Un bourdonnement fort résonna dans la pièce.

"Qu'est-ce-que c'est que ça?" Rachel a demandé, regardant Samantha.

Samantha a brandi un gros jouet sexuel vibrant, qui ressemblait et ressemblait à un outil électrique.

L'appareil avait un haut vibrant conçu pour stimuler le clitoris d'une femme.

"Cela va changer votre vie pour le mieux. Maintenant, détendez-vous."

Rachel était allongée les yeux écarquillés sur le lit.

La chose se rapprochait entre ses jambes.

Samantha avait l'air d'être sur le point d'effectuer une intervention médicale avec le puissant appareil vibrant.

Le haut vibrant s'est rapproché de la chatte exposée.

Le puissant vibromasseur toucha le bout du clitoris de Rachel.

"Aaahhhh !!!!" la femme au foyer mature hurlait de douleur.

Samantha s'éloigna un instant.

"Détends-toi. Détends-toi, chérie. Détends-toi juste pendant que je prends soin de toi."

La puissante vibration a été ramenée au clitoris.

Rachel hurla de nouveau.

Il aurait pu supplier Samantha d'arrêter.

Elle aurait pu s'asseoir et pousser Samantha.

Elle aurait pu se battre.

Mais elle ne l'a pas fait.

Rachel s'allongea simplement sur le lit et absorba l'intense stimulation.

Même si c'était douloureux, il y eut aussi un petit éclair de plaisir.

Le plaisir grandissait et grandissait.

Rachel a continué dans l'angoisse, mais a essayé de détendre son corps.

Elle a accepté le sentiment puissant.

Ses jambes tiraient et se battaient contre la corde, mais cela n'aidait pas.

Ses jambes ne pouvaient pas bouger.

La sensation dans son corps était en conflit.

Elle voulait résister, mais elle voulait aussi laisser couler les sentiments.

Elle a continué à gémir et à se jeter sur le lit.

Samantha a pressé la paume de sa main contre le corps de la femme au foyer.

Puis elle a poussé le dispositif sexuel vibrant contre le clitoris.

La stimulation était irréelle.

La femme au foyer mature hurlait d'agonie et de plaisir.

Ses jambes se sont battues contre la corde de toutes ses forces.

C'était une bataille perdue.

Quand Samantha a inséré deux doigts dans sa chatte, entrant et sortant, Rachel est venue.

Elle courait et courait.

Elle giclait et giclait plus de son jus.

C'était un orgasme humide qui a fait un vrai désordre partout.

Le dos de Rachel s'arqua violemment.

Ses orteils se recourbèrent.

Il a fait des grimaces étranges tout en étant presque méconnaissable pendant un moment.

Puis son corps est devenu complètement mou.

Samantha éteignit l'appareil et sourit à son travail.

Il abaissa l'appareil et dénoua les chevilles de la ménagère.

Elle s'assit sur le lit et frotta les cheveux de Rachel, remarquant à quel point elle était belle.

"Ne vous battez pas pour parler pour l'instant," dit Samantha, en frottant toujours les cheveux de Rachel. "Détendez-vous. Profitez de votre bonheur. Je suis sûr que votre clitoris doit faire mal en ce moment."

Rachel hocha la tête.

"Oui."

"Reposez-vous. Laissez votre clitoris récupérer. Nous continuerons à nous entraîner plus tard dans la journée."

Samantha se pencha pour embrasser Rachel sur le front, puis sur la joue, puis sur les lèvres.

CHAPITRE 13

Le temps passa sans hâte.

Ils ont déjeuné ensemble et ont parlé de choses normales.

Une amitié s'est développée entre eux.

Le sujet du sexe n'était plus jamais revenu, et le clitoris de Rachel avait assez de temps pour guérir de l'agression vibratoire.

Rachel a fait une sieste au milieu de l'après-midi et quand elle s'est réveillée, il y avait une belle robe noire sur son lit.

Une paire de chaussures à talons hauts était également sur le lit.

Il y avait une note manuscrite sur le haut de la robe.

La note disait:

Prenez une bonne longue douche. Ensuite, appliquez votre maquillage comme je vous l'ai appris. Et puis enfilez votre robe et vos talons sans rien d'autre en dessous.

Nous nous retrouverons en bas dans la salle de l'esclavage à six heures de l'après-midi. La porte sera déverrouillée. "

La note était signée par Samantha.

Un picotement grandit entre ses jambes.

Rachel est sortie du lit et s'est douchée.

Elle se sécha et regarda son reflet nu dans le miroir avant de se maquiller.

Elle a appliqué chaque produit cosmétique exactement comme Samantha lui avait appris.

Rachel a mis sa robe devant le miroir de la chambre.

La robe était élégante et sexy.

Elle s'est émerveillée de son reflet.

Elle ressemblait à une femme très différente.

* * *

Il est descendu à exactement six heures de l'après-midi, puis est allé dans le couloir.

Il était facile de savoir où se trouvait la salle d'esclavage.

C'était la seule pièce du manoir où la porte était toujours fermée.

Maintenant, la porte était ouverte et il semblait y frapper.

La salle de bondage semblait ennuyeuse comparée au reste de la maison.

C'était une chambre de taille moyenne sans rien de valeur.

Il y avait des tables et des chaises.

Il y avait d'autres objets d'apparence intéressante, comme une corde suspendue au plafond et des appareils étranges qui semblaient rugueux.

Rachel entra dans la pièce et laissa ses yeux la parcourir.

L'anticipation grandit.

«Est-ce que c'était ce à quoi vous vous attendiez? Dit la voix de Samantha par derrière.

Rachel se retourna pour voir Samantha vêtue d'un corset en cuir rouge et de bottes noires.

Elle a montré ses bras et ses jambes toniques et ses cheveux ont été tirés en arrière.

Elle était habillée en véritable dominatrice.

Samantha a ensuite fermé la porte.

"J'espérais un peu plus, pour être honnête," dit Rachel, cachant ses nerfs.

"La plupart des gens attendent plus de ma salle de bondage. Mais je préfère la simplicité. J'aime avoir cet élément de surprise."

"Que veux-tu dire?"

"J'aime que les gens sous-estiment cette pièce," sourit Samantha. "De plus, le type de jouets et d'appareils utilisés n'a pas d'importance. C'est la volonté de se soumettre, et le pouvoir dominant sur le soumis, qui fait une bonne relation érotique BDSM. Pas les jouets."

Les mains de Rachel désignèrent la pièce.

Cependant, nous y sommes. "

"Ne vous méprenez pas," dit Samantha en se dirigeant vers la femme au foyer. "J'adore utiliser des jouets. Et j'aime aussi les cordes. Elles améliorent mon pouvoir sur les soumis de bien des manières."

«Que vas-tu me faire?

Les yeux de Samantha regardaient de haut en bas la femme au foyer.

"J'ai oublié de mentionner à quel point tu es belle dans cette robe. Elle est parfaite pour toi, montrant toutes tes courbes. Et ton maquillage, je suis impressionné. Tu apprends vite."

"Merci. Vous avez l'air ... euh ... attrayant dans cette tenue."

"J'essaie toujours de paraître sous mon meilleur jour."

"Alors qu'est-ce que tu vas me faire?" Rachel a demandé à nouveau, presque désespérée de savoir.

Samantha s'avança et approcha ses lèvres de l'oreille de la ménagère.

"Je vais te ligoter," dit doucement Samantha. "Alors je vais te faire revenir encore et encore. Tu appartiens à ton mari. Mais ce soir, tu m'appartiens. Ta chatte m'appartient. Et tes orgasmes aussi à moi."

Les yeux de Rachel s'écarquillèrent.

"Oh. Je ... euh ..."

«Je suppose que Roger ne vous a jamais ligoté.

"Jamais."

"Parfait. J'adore être le premier de quelqu'un. Reste tranquille."

Rachel resta immobile, timidement, dans sa robe chère, alors qu'elle regardait Samantha tourner un appareil sur le mur.

La corde suspendue au plafond descendit là où se trouvait Rachel.

"Vas-tu me ligoter avec ça?" A demandé Rachel.

"Il existe un problème?"

Rachel secoua nerveusement la tête.

"Ne pas."

"Très bien. Maintenant, donnez-moi vos poupées."

Samantha a utilisé la corde douce et a noué les poignets de Rachel de manière experte.

Le nœud était serré.

Les mains de Rachel étaient liées.

Il n'a fait aucune résistance.

Une fois qu'elle lui a attaché la corde, Samantha est retournée au mur et a tourné l'appareil dans la direction opposée.

Cela fit monter les mains de Rachel au-dessus de sa tête.

Rien de trop douloureux, mais assez pour empêcher Rachel de bouger.

"Confortable?" Demanda Samantha avec un demi-sourire.

Rachel tremblait presque alors qu'elle se tenait les mains attachées au-dessus de sa tête.

"Mes poignets me font mal."

"Ça fait mal parce que vous vous battez. Détendez-vous. Donnez-vous à moi."

Samantha a ouvert un tiroir à proximité et a fouillé à l'intérieur.

Il sortit un couteau et se dirigea lentement vers Rachel avec un sourire méchant, agitant l'objet pointu.

"Oh mon Dieu!" Rachel haleta de peur, pensant que quelque chose d'horrible allait se passer. "S'il vous plaît, non! Mon Dieu! Mon Dieu!"

«Ne sois pas idiot. Je ne vais pas te faire de mal. Enfin, pas dans le mauvais sens.

Samantha a porté le couteau sur le haut de la robe de Rachel.

Puis elle a coupé, divisant la robe en deux.

Samantha posa le couteau sur une table voisine, puis ouvrit le haut de la robe, exposant les deux seins ronds de Rachel.

"Maintenant tu ressembles à une vraie pute," sourit Samantha. "Maquillage excité, jolis cheveux, talons chers et une robe déchirée qui expose vos vieux seins défoncés. Tous les signes d'une pute. Tu n'es pas d'accord?"

Rachel hocha nerveusement la tête.

"Oui."

"Je suis toujours la règle des dix centimètres. Dites-moi, quelle est la taille du pénis de votre mari?"

"Environ six pouces," admit Rachel.

"Roger mesure douze centimètres, alors j'ajoute dix centimètres supplémentaires. Ce qui fait un total de vingt-deux centimètres."

Samantha a ouvert un autre tiroir pour prendre un gode de 15 cm.

Elle le regarda, étonnée de sa taille.

Puis elle a mis une sangle autour de son entrejambe et a attaché le gode de six pouces.

"Vas-tu mettre ça en moi?" Rachel a demandé nerveusement.

"Je vais te baiser avec ça," répondit Samantha, appliquant une lubrification à l'objet sexuel. "As-tu déjà eu des relations sexuelles debout?"

"Ne pas."

"Une autre première fois."

Samantha se tenait devant Rachel.

Ils étaient face à face, distants de quelques centimètres.

Samantha était en sécurité et calme.

Rachel était dans un désordre nerveux.

La tension sexuelle était épaisse dans l'air.

Samantha se pencha en avant et donna à Rachel un gros baiser sur les lèvres.

C'était doux au début.

Puis plus passionné.

Ensuite, il est devenu plus rugueux.

Samantha mordit doucement la lèvre inférieure de Rachel.

Puis ils ont continué à s'embrasser avec leurs langues.

Alors qu'ils s'embrassaient, Samantha baissa les mains et souleva la robe de Rachel.

Puis il guida le bout de sa ceinture sur les lèvres de Rachel.

Rachel écarta les jambes en se tenant debout.

Le gode pointa sa chatte.

"Je vais te pénétrer maintenant," murmura Samantha à l'oreille de Rachel.

"Sois gentil."

"Non," murmura Samantha.

Alors que les deux femmes restaient entrelacées, Samantha donna une forte poussée et entra dans la chatte de Rachel, provoquant un halètement audible.

Samantha a donné une autre poussée et est entrée plus.

L'objet sexuel devenait plus profond.

À un moment donné, l'objet sexuel de vingt-deux centimètres était complètement enfoui dans la chatte.

Rachel gémissait et ses jambes tremblaient.

Samantha a montré sa force physique en saisissant fermement les deux cuisses de Rachel dans les airs.

Rachel était complètement sur le sol, ses mains pendantes à la corde au plafond.

Ses pieds et ses talons s'agitaient sauvagement avec Samantha tenant ses jambes.

"Ne vous battez pas," dit Samantha, tenant la femme au foyer en l'air. "Plus vous vous battez, plus ça fera mal. Rendez-vous à moi."

Samantha se pencha en arrière et donna une autre forte poussée, poussant le gode plus profondément dans sa chatte.

Les mains de Samantha tenaient fermement les jambes de Rachel.

Rachel pendait dans les airs alors que la dominatrice la pénétrait.

Ils baisaient.

Ils se regardèrent dans les yeux.

Rachel pleurait et gémissait.

Mais elle n'a jamais dit à Samantha d'arrêter.

Elle n'osait pas, mais elle ne voulait pas non plus.

Cela faisait partie de l'entraînement, et il a commencé à se sentir agréable alors que son corps s'adaptait à sa taille.

Ses cheveux étaient ébouriffés, tout comme ses pieds.

Il aimait se faire baiser par Samantha.

Son corps était en feu.

Les poignets de Rachel faisaient mal.

La peau autour de ses poignets prenait une teinte rouge foncé alors que son corps était suspendu dans les airs.

Mais la douleur dans ses poignets n'était rien comparée à la sensation que ressentait sa chatte.

Le gros jouet sexuel a stimulé les nerfs à l'intérieur de sa chatte dont elle ignorait l'existence.

Les poussées ont continué.

Elle a crié et hurlé.

Elle a pleuré et pleuré.

Elle gémit et gémit.

"Viens pour moi," dit Samantha, regardant la femme au foyer avec plaisir. "Viens pour moi, sale vieille salope."

Rachel poussa ses hanches.

"Je ne suis pas vieux!"

Un orgasme a traversé son corps.

Rachel a crié à pleins poumons.

Son dos se cambra violemment.

Elle jeta les chaussures à talons hauts à travers la pièce.

Les fluides de la petite chatte de Rachel éclaboussaient partout, laissant un travail sérieux à la femme de ménage.

Lorsque l'orgasme s'est calmé, les yeux de Rachel se sont retournés et son corps s'est détendu.

Samantha relâcha son étreinte et Rachel se pencha dans un état presque évanoui à la corde autour de ses poignets.

Samantha abaissa la corde et le corps semi-conscient de Rachel gisait sur le sol dans une mare de son jus chaud.

Quand Rachel a pu ouvrir les yeux, elle a vu Samantha enlever son corset, se mettant complètement nue.

Rachel ne pouvait s'empêcher d'envie le corps nu parfait de Samantha.

Samantha s'assit par terre et joua avec les cheveux de Rachel.

"Roger a de la chance d'avoir une pute orgasmique comme toi," sourit Samantha totalement nue.

"Je ne suis jamais venu comme ça avant. Jamais."

«Je suis content d'avoir pu vous servir pour ça. Mais souvenez-vous, je suis la dominatrice, vous êtes la soumise. C'est pour mon plaisir, pas pour le vôtre. Et jusqu'à présent, je ne suis pas encore venu.

Rachel haussa un sourcil.

"À quoi tu penses?"

"As-tu déjà mangé une chatte?"

"Ne pas."

«Quelle vierge tu es dans tout. Rampe vers moi. Mets ton visage entre mes jambes.

Rachel a fait ce qu'on lui a dit de faire.

Elle rampa jusqu'à ce que son visage soit à quelques centimètres de sa chatte.

"Embrasse mes lèvres," ordonna Samantha, se référant à son propre vagin. "J'aime qu'ils m'embrassent."

Rachel obéit, embrassant la couche externe de la chatte rasée de Samantha.

"Lèche-le comme un popsicle. Puis mets ta langue à l'intérieur comme si tu n'avais pas mangé depuis des jours."

Rachel a suivi les ordres, léchant sa chatte et testant les fluides extérieurs.

Sa langue sentit chaque point sur ses lèvres.

Puis il a enfoncé sa langue à l'intérieur, léchant et suçant.

C'était la première fois qu'il mangeait une chatte, et il réalisa qu'elle avait bon goût.

"C'est bien," gémit Samantha. "Continuez comme ça. Continuez à lécher comme un bon minou."

La femme au foyer, autrefois sage, primitive et adéquate, était rapidement devenue une mangeuse de vagin experte.

Elle a léché et sucé avec enthousiasme.

Sa langue se caressait de haut en bas.

Quelques instants plus tard, Samantha est venue et a poussé un cri aigu.

Ses jambes tremblaient, puis elle se détendit.

Les yeux de Samantha s'illuminèrent.

"OMG. Qui savait que tu pouvais le faire si naturellement?"

Rachel sourit et posa sa tête sur la cuisse de Samantha.

"Tu sais bien".

"Ça tu crois?" Samantha a demandé de manière rhétorique.

Rachel embrassa la cuisse de la dominatrice.

"Oui."

Les deux femmes ont continué leur moment de réconfort mutuel.

Rachel ferma les yeux et posa sa tête sur la cuisse de la dominatrice.

Samantha regarda la belle femme au foyer et lui caressa les cheveux.

CHAPITRE 14

Des jours après.

Après avoir récupéré ses bagages, Rachel a poussé un chariot avec deux valises à l'intérieur: l'une avec ses vêtements normaux et l'autre celle que Samantha lui avait donnée.

Elle a vu son mari attendre dehors.

De grands sourires ont été rendus.

Roger était heureux de voir sa femme si bien bronzée et détendue.

Il a couru vers Rachel.

Elle arrêta le chariot et lui fit un gros câlin étouffant.

C'était un moment spécial.

Elle voulait que ce jour soit un nouveau départ pour son mariage.

«Tu m'as tellement manqué», dit Roger.

Rachel a mis ses lèvres à son oreille et a chuchoté, "Tu vas me ramener à la maison et m'attacher au lit dans la chambre. Ensuite, tu vas mettre ta bite dans ma gorge. Et puis tu vas me baiser. Compris?"

Il recula un peu pour avoir un bon aperçu de sa femme, étonné de sa langue sale.

Il y avait une étincelle spéciale dans les yeux de Rachel.

Une faim

Luxure.

Roger s'est rendu compte que sa femme était une femme différente.

Roger acquiesça, acceptant l'invitation.

Rachel sourit et l'embrassa.

FIN

www.ingramcontent.com/pod-product-compliance
Lightning Source LLC
LaVergne TN
LVHW041025150826
845672LV00001B/209

9798230237051